Das Fossil

Eine Erzählung von Jürgen Brauerhoch

Jürgen Oskar Paul Brauerhoch

Geboren 23.1.32 in Gera/Thüringen, humanistisches Gymnasium, 1948 Flucht in den Westen, Lehre Limbach Verlag Braunschweig, Werbeassistent Polygraph Verlag Frankfurt/Main, Redakteur Kodak AG, Werbeleiter Behr Möbel Stuttgart + Wendlingen. Konzeptionstexter dorland Werbeagentur München. Seit 1969 selbständig JOB&HEN, später JOB CONCEPT. Dozent Hochschule für Gestaltung in München, jetzt pensioniert, Kinder Annette, Frank-Olaf und Jonathan Brauerhoch, lebt in München und Katalonien.

Etliche Bücher und viele Reiseberichte, Portrait + Näheres siehe wikipedia. Kontakt: juergen.brauerhoch@icloud.com

Jürgen
Brauerhoch
DAS FOSSIL

Bibliografische Information der Deutschen Nationalbibliothek:
Die Deutsche Nationalbibliothek verzeichnet diese Publikation in der Deutschen Nationalbibliografie; detaillierte bibliografische Daten sind im Internet über http://dnb.dnb.de abrufbar.

© 2016 by JOB 9/´16

juergen.brauerhoch@icloud.com

Alle Rechte vorbehalten

Fotos: RENFE, Autor, Signaturen ETH Bibliothek

Herstellung und Verlag: BoD - Books on Demand, Norderstedt

Satz: Trebuchet MS 14

Lektorat: Dr. Gabriele Hefele

ISBN: 978-3-741-290688

Inhalt

Wer kennt den Krötentöter?	9
Die Meinung der Brieffreunde	14
Auf nach Eppelsheim	20
Umwege und Erinnerungen	26
Im Mekka der Handschriften	33
Aus Versehen in Budapest	43
Wieder daheim	51
Calvin gegen Luther	58
Die Ochsenschwanzsuppenvorfreude	70
Katalonien bahnt sich an…	84
Dieses *verdammte* Chicago	102
Travel by Train	111

Der letzte Briefschreiber – oder Brie**fe**schreiber - galt im Dorf als verarmter griesgrämiger Greis, der fast wörtlich auf dem letzten Ast saß, den ihm die gierigen Vorerben gelassen hatten: einen morschen Pfahlbau, mit dem sie als Immobilie nichts anzufangen wussten. Also überließen sie sozusagen großzügig dem Exot der Familie, dem eigensinnigen Einsiedler dieses überlebte Erbteil, dieses alte Baumhaus am versumpften Ufer des Bodensees bei Nonnenhorn.

Das Fossil - so nannten sie den Alten im Ort - hauste dort einsam, doch nicht verlassen seit Jahren; denn er stand in Verbindung mit etlichen Briefeschreibern, die wie er keine Schreibmaschine hatten oder sie ablehnten und aus Spaß oder Ermangelung technischer Hilfsmittel noch immer mit der Hand schrieben. Allerdings musste er erfahren, dass die Adressaten solchen Tuns mit jedem Jahr abnahmen, um nicht zu sagen abstarben!

Dabei konnte er so wirklich wunderschön formulierte und persönliche Briefe verfassen, eigentlich schon damals, als er noch „im Geschäft" war und über alle modernen Kommunikationsmittel verfügen konnte. Sozusagen von innen heraus lehnte er diesen "modischen Mumpitz" ab, alle diese ES-EM-ESSENs und I-MEELS schienen ihm Ausdruck eines inhumanen Umgangs zu sein. Das Fossil jedenfalls wollte mit dieser Stillosigkeit nicht zu tun haben, wenn auch das Echo auf seine postalischen Mitmenschlichkeitsbemühungen enttäuschend, wenn nicht beleidigend war.

Da hatte er zum Beispiel an den Vorstand des Katasteramtes einen zu Herzen gehenden Brief geschrieben mit der Bitte, doch sein Grundstück noch einmal exakt zu vermessen oder aber im Grundbuchamt kontrollieren zu lassen, da er gern wissen wolle, wo genau das zum Pfahlbau gehörende Terrain zu Ende sei; denn er wolle, wie er schrieb, seinen eventuellen Nachbarn keineswegs zu nahe kommen und schloss das Gesuch in seiner ausdrucksstarken Handschrift mit besten Grüßen.

Zunächst geschah eine lange Weile gar nichts. Dann informierte ihn der Hobbyangler, der als fast einziger ab und zu an seiner Hütte vorbei kam, im Rathaus läge eine Nachricht für ihn. Es war ein billiger Schemabrief auf diesem üblen grüngrauen Umweltpapier mit den wie in allen Ämtern knappen Sprechzeiten, ohne Anrede oder irgendein persönliches Wort. Doch selbst diese Drucksache auszutragen, hatte sich der Postbote geweigert, der seine Rente etwas aufbessern wollte, aber mit dem Fossil draußen im Moor schlechte Erfahrungen gemacht hatte. Noch frisch war die Erinnerung an ein großes Drama, dessen Verursacher er absolut ungewollt gewesen war; denn auf dem Weg zu diesem Einsiedler in seinem morschen Bau war er wohl versehentlich mit seinen Gummistiefeln auf eine fette Kröte gestiegen und hatte sie dummerweise, weil tot geglaubt, auf dem Trampelpfad liegen gelassen. Anderntags kam zufällig, weil sie meinte, einen neuen Naturlehrpfad entdecken zu können, Fräulein Dinkel-Acker, die Biolehrerin der Nonnenhorner Grundschule mit ihrer Klasse vorbei, sah die tote Kröte, empörte sich, dramatisierte dieses Verbrechen gegenüber ihren bald ebenso empörten Schülerinnen, fotografierte das übel zugerichtete Getier und ließ das Mitleid erregende Foto am schwarzen Brett im Rathaus öffentlich aushängen in der Form eines Steckbriefes mit der Schlagzeile: Wer kennt den Krötentöter?

WER KENNT DEN KRÖTENTÖTER?

Dort entdeckte Carmen Hinterhuber, die Landkreiskandidatin der Grünen, diesen Krötenskandal und machte ein Affentheater daraus. Sie sah sofort die Chance für eine starke emotionalen Ansprache an die noch recht zögerlichen grünen Wähler; wenigstens im bürgerlichen Umfeld wollte sie endlich Stimmen gewinnen!

„Wir müssen pars pro toto aus dieser armen toten Kröte unser Wahlmotto machen" versuchte sie, ihre lethargischen Grünen aufrüttelnd, vielleicht sogar einen Sandwichmann durch die Dörfer schicken mit der Aufforderung: „WÄHLT DAS GLÜCK DER MENSCHEN…WIE DER KRÖTEN: WÄHLT DIE GRÜNEN!"

Der CDU-Landrat, dem der grüne Rummel nicht passen wollte, bestellte das FOSSIL, der ihm in seiner Altersweisheit in ruhiger Manier schon öfters ungewöhnliche Ratschläge gegeben hatte, zu einem Gespräch in sein Amt.

Natürlich wusste er, dass der letzte Briefeschreiber illegal in seinem Pfahlbau hauste. Der Schuppen, wie er ihn nannte, war über dreitausend Jahre alt, also lange vor Jesus von den Alemannen, Kelten oder Sueben in den schwabbeligen Sumpf gesetzt worden. Das Ding war morsch und baufällig wie alle diese Überbleibsel aus der Jungstein- oder sonst einer Vorzeit, anders als das frisch renovierte dorfeigene und den Tourismus fördern sollende Pfahlbaumuseum am gleichen Ufer.

„Hör mal", sagte er zum Fossil „kannst Du nicht für die Grünen ein bisschen als Krötentöter herumlaufen? Wir geben dann eine Pressekonferenz mit Deiner Entlarvung, der Du doch bekanntermaßen ein Beschützer und Freund der Umwelt bist - und die Grünen sind dann blamiert!"

So kam das Fossil, bislang Briefe schreibend und sammelnd und in seinem Pfahlbau hockend still der friedlichen Natur zugewandt, zu diesem beinahe hochpolitischen Auftrag; denn natürlich konnte er die Bitte des Landrates, der seine illegale Behausung und seine unkonventionelle Lebensweise gut kannte, nicht wirklich ausschlagen.

Die Chefin der GRÜNEN wunderte sich natürlich sehr über das Angebot des Fossils, gegen einen kleinen Obulus den Job des Sandwichmannes zu übernehmen. Doch heiligt der Zweck nicht die Mittel? Die Kandidatin fragte vorsichtshalber ihren Vater, den größten Düngemittelproduzent der Region, ob er Bedenken habe. Sie erhielt trotz seiner politischen Distanz zu den Grünen das OK. Und dazu eine anständige Summe, die er als Spende von der Steuer absetzen konnte. So langte es sogar für die Gefahrenzulage, die das Fossil für das Sandwichlaufen durch den Ort begehrte, in dem die Grünen noch immer scheel angesehen waren.

Jetzt konnte die Krötenkampagne starten - aber es geschah nichts! Ein paar dürre Notizen in der örtlichen Presse, ein paar zerknitterte Fähnchen am Straßenrand, das war alles. Die vom Landrat inszenierte Krötentöter-Entlarvung dagegen entwickelte sich zu einem riesigen Medienrummel. Der bei den Älteren beliebte Schwabenfunk und das fesche Bodenseestudio des regionalen Fernsehens brachten ausführliche Reportagen, so dass der Landrat im Gegensatz zu den verstörten Grünen hoch zufrieden war. So zufrieden, dass er dem Briefeschreiber in einem Gefühlsaufwall für diesen vorbildlichen Dienst eine Bitte zu erfüllen versprach, und sei sie womöglich materieller Natur.

Das Fossil, verblüfft, erbat sich Bedenkzeit. Der Landrat war selbst Schwabe und abwendbaren pekuniären Forderungen partout abgeneigt. Und das Fossil? Was sollte es sich wünschen? Er hatte doch alles, sein Bett, seinen Schreibtisch und ein wenn auch etwas morbides Dach überm Kopf. Und dann: hatte er nicht seine Brieffreunde und überhaupt alles, was selbst die reichsten Stadtmenschen nicht mehr hatten? In der Nacht das Quaken der Frösche und das Schlagen der Nachtigallen, am Morgen und in der Dämmerung das hungrige Kreischen der Möwen und das Klatschen der im brackigen Wasser nach Luft schnappenden Fische... alles sehr viel angenehmer als der Lärm der Kanuten, Paddler und Tretbootfahrer, die selten oder wie die stinkenden Autokolonnen, die nie in die Nähe seines Pfahlbaus kamen.

So viel für die Ohren; viel mehr noch für die Augen: wilde Katzen, die durchs Moos schlichen, ein Storchenpaar in der Krone einer mächtigen Erle, zwei Erpel, die seit Tagen ganz verliebt hinter einer Stockente her waren, rundum Krickenten, Löffelenten, Zwerg- und Haubentaucher, die das Seeufer bevölkerten. Bei ihm war immer was los, nicht nur fürs Ohr und die Augen, auch die Nase kam nicht zu kurz, wenn in der Früh fein faulig riechende Nebelschwaden am Ufer waberten. Was er mal in einem Fremdenverkehrsprospekt gelesen hatte, man könne hier „die Seele baumeln lassen" war natürlich Quatsch! Auf Anhieb geht gar nichts - dachte das Fossil - und gerade die Seele war so ein DING FÜR SICH. Gab es sie überhaupt, und wieso sollte sie baumeln und er über die Seelenbaumelei nachdenken müssen? Doch lieber über die versprochenen Belohnung!

Sollte er sich eine Reise schenken lassen, vielleicht nach Rom zu den exklusivsten Handschriftensammlungen im Vatikan? Da würde der Herr Landrat wohl schlucken, aber selbst diese Reise genehmigen, wenn für ihn selbst und seinen Ruhm etwas dabei herauskam. Doch unverschämt wollte er auch nicht sein. So schrieb er seinen Freunden und bat sie um ihre Meinung zu diesem überraschenden Angebot.

DIE MEINUNG DER BRIEFFREUNDE

Die erste Antwort war sehr kurz und lautete einfach: "Natürlich nach Rom!" Sie kam von Hanns, einem in die sogenannten Beitrittsgebiete nach Mecklenburg versetzten bairischen Beamten, der dort die „Ossis" auf Vordermann bringen sollte, sich aber in einem anscheinend überflüssigen Ministerium tödlich langweilte und s bestimmt jede nur denkbare Möglichkeit zu verreisen genutzt hätte. Das Fossil kannte diesen Brieffreund als Rom-Experte, der nie ohne seinen hochgelobten „Peterich" in die Ewige Stadt fuhr. Er selbst hatte mal reingeschaut und außer endlosen Beschreibungen von Kirchen recht wenig über die eigentliche Stadt, ihre Eigenheiten und Bewohner erfahren, jedenfalls nicht mehr als im Baedeker.

Die zweite Reaktion kam von seinem liebsten Brieffreund, dessen Schreibstil er nur bewundern konnte. Seine Reisereportagen trafen immer ins Schwarze und waren eine Freude zu lesen. Doch dieser, diesmal auf einer klapprigen ERIKA geschriebene Brief versetzte ihn in tiefe Erschütterung. Er las: *„Mein Lieber, leider wird's jetzt traurig oder wie man´s nimmt... das*

Schicksal hat zurück geschlagen und mir einen Krebs angehängt, der mich auf den Operationstisch, in die REHA und schließlich in die weitgehende Bewegungslosigkeit gebracht hat. Der Arzt hat mir in schöner Offenheit eine statistische Überlebensfrist von drei Monaten bis zu einem halben Jahr vorausgesagt. Ich wollt´s Dir nur gesagt haben, damit Du Dir keine Gedanken machst. Die Zeit mit Dir war schön. Ich weine wegen Dagmar. Sie war in den zurückliegenden Jahren das Glück meines Lebens. Von Herzen, Dein Freund."

Unfassbar! Unglaublich, ja, unanständig. Das Fossil war bestürzt, in seine Trauer mischte sich hilflose Wut. Dieser Mensch, der die beste Reiseliteratur verfasst hatte, die je geschrieben wurde, der aus einem langweiligen Ort noch ein lesenswertes Stimmungsbild zaubern konnte, dem wurde jetzt das Messer auf die Brust gesetzt - und was sagte er dazu: „Jetzt wird's traurig, oder wie man´s nimmt!" Mein Gott, wie konnte man das anders nehmen denn als Todesurteil? Wie konnte das FOSSIL reagieren auf diese schreckliche Nachricht? Mit einem Brief war es wohl nicht mehr getan, dazu stand ihm dieser Adressat zu nahe, der als einziger auch auf sein Innerstes eingegangen war und versucht hatte, es zu formulieren für den Vorspann zu seinen "Griechischen Skizzen". Damals hatte er über das Fossil geschrieben:

„Große Worte liegen ihm nicht. Das ist ein Kriterium seiner Ehrlichkeit. Wenn er aber die Spur möglicher Wahrheiten aufnimmt, verheddert er sich unweigerlich in den Nöten einer verwundbaren Seele. Er schätzt es mehr, in den unsichtbaren Labyrinthen makellos weißer Manuskriptseiten zu sich selbst zu finden. Also schreibt er ohne Auftrag und Honorar Texte, die seine geistige Unabhängigkeit und Stärke, seine Bitterkeit und Trauer artikulieren: Mal was anderes! Dabei ist er schonungslos wahrhaftig (oder kann es doch sein) und vollkommen unfeierlich.... Er hat Satiren veröffentlicht, die sich lesen wie todernst gemeinte Spielregeln der Unvernunft. Er hat mit erfundenen Berufen die Wichtigtuerei der Bürokraten verspottet, er hat für sich in die Schreibmaschine fabuliert – alles eher verspielt als betroffen.

Im Brennspiegel sieht man das Porträt des Inselspringers als Skeptiker, Träumer, Spötter, Sanguiniker, Fatalist („Manchmal lebt man vielleicht nur weiter in Ermangelung einer anderen Idee.") Da leidet er an der Welt, verzehrt sich nach der Schimäre Einfachheit, überlässt sich seinen Gemütsbewegungen, schürft immer tiefer, immer schmerzhafter nach verborgenen Zusammenhängen, um aus der Verwirrung schließlich die Lehre der Inseln zu ziehen: Das Glück der Anspruchslosigkeit."

Dieses Vorwort war natürlich ein etwas idealisierter Freundschaftsdienst gewesen, aber kam es ihm doch erneut wieder so vor, als habe der Freund seine Seele entdeckt - als erster und einziger Mensch auf der Welt, und ausgerechnet der sollte nun sterben? Durfte man das zulassen? Musste er nicht umgehend seinen Pfahlbau verlassen und ihm persönlich Trost spenden? Doch wie und wo?

Es war ein ungeschriebenes Gesetz ihrer Briefgemeinschaft, dass es keine genauen Adressen gab. Man kannte voneinander weder Telefon noch Straße, nur den Ort beziehungsweise das Postamt, wohin die Botschaft geschickt werden konnte. Noch ging das postlagernd, aber auch diesen Dienst hätte die armselige Schrumpf-Post längst eingestellt, wenn es nicht immer noch diese unbelehrbaren Postlagernd-Fans (auch Fossile) gegeben hätte. Es war also der Wolfgang gewesen, der diesen todtraurigen Brief geschrieben hatte, laut Poststempel aus Eppelsheim! Das Fossil zog seine besten Sachen und statt der Gummistiefel richtige Schuhe an, ging zum

Landrat und bat ihn: "Wenn Du mir unbedingt einen Gefallen tun willst, zahl mir eine Erster-Klasse-Reise nach Eppelsheim!"

„Ist das alles?", staunte der Landrat, der zwar keine Unverschämtheit, aber auch nicht diese Bescheidenheit an Belohnung vom Fossil erwartet hatte. Erleichtert beauftragte er die neue Tourismus-Managerin der Gemeinde mit der Organisation dieser Reise und wünschte dem Fossil eine gute Zeit, ohne sich zu erkundigen, was der wohl ausgerechnet in Eppelsheim zu suchen hatte.

Immerhin ließ er sich berichten, dass dies ein kleines Weinnest in Rheinhessen war und bislang nur durch den Fund eines urzeitlichen Riesenstieres, eines Tapirs, aufgefallen war. Anscheinend gab es dort keinen Bahnhof mehr, denn die Touristikerin meldete Fehlanzeige für ein Bahnticket! Ansonsten nicht ungeschickt im Organisieren, hatte sie doch kürzlich eine Großfamilie aus Ghana in die Ferien nach Nonnenhorn gelockt, was ihr allerdings den Unmut des Wirtes vom SEEHOF eingetragen hatte, der über zwei Nachtschwärmer klagte, welche die ganze Nacht hindurch wild im Schilf getrommelt hätten, um am Bodensee allerdings noch nie aufgetauchte böse Geister auszutreiben! Die Gäste im Hotel fanden das nicht so lustig und reisten reihenweise ab. Außer dieser Beschwerde aber war die neue Referentin gut angesehen in ihrem neuen Amt und quälte sich auf Geheiß des Chefs nun damit ab, dieses vom Fossil begehrte Eppelsheim zu finden. In der Gegend gab es <heimse> der Fülle von Mölsheim und Monsheim, Frettenheim, Biebelnheim, Gumbsheim, Voixheim, Wahlheim, Freimersheim, Mauchenheim und Flonheim bis Mannheim und letztendlich auch das besagte Eppelsheim, aber keine Zugverbindung. Das Fossil beruhigte sie, sie solle sich keine grauen Haare wachsen lassen.

AUF NACH EPPELSHEIM

Als er zurückstakste in seine Behausung dachte er: Wenn das irgendwo da oben am Rhein liegt, könnte man die Reise doch auch über München antreten und endlich mal wieder in einen Biergarten gehen.

So kam das Fossil auf seinem langen Weg zu dem todkranken Brieffreund in die ehemals heimliche, inzwischen in Bezug auf Immobilienpreise eher unheimliche Hauptstadt Deutschlands. Ausnahmsweise schien die Sonne, ja es wehte sogar ein sanftes Föhnlüfterl; er ging zum Augustiner in der Arnulfstraße, aß acht Schweinswürstl, trank zwei Maß und suchte sich ein Nachtquartier, denn an eine hektische Fortsetzung der Reise war nicht zu denken.

In dieser Nacht schlief das Fossil schlecht in steriler Umgebung ohne Froschgequake und Vogelgezwitscher, fand den Frühstückskaffee dünn und bitter und die Semmeln fad und pappig. Umso mehr genoss er später den ungewohnten Luxus einer Fahrt im schicken ICE. Er erinnerte sich an früher oft unfreundliche Bahnbedienstete, aber was da mit femininen Hüftschwung durch die Sitzreihen glitt, war hübscher als er es auf Schienen jemals gesehen hatte. Und nicht nur hübsch; die adrette Zugbegleiterin wie sie jetzt hieß kannte sich auch besser aus als die Nonnenhornsche Fremdenverkehrsexpertin und besorgte ihm sehr wohl eine Fahrkarte nach Eppelsheim, freilich nicht durchgehend erstklassig, da die Regionalbahn, in die er umsteigen musste, nur eine und keine feine Klasse hatte. Dann drückte sie dem noch immer im Staunen befangenen Fossil einen Fahrplan in die Hand und fragte mit einem umwerfenden Lächeln, ob er etwas zu trinken oder essen begehre.

Das Fossil, der die Nähe der bezaubernden DB-Schönheit so lange wie möglich ausnutzen wollte, bestellte beides. Dann schaute er selbstzufrieden aus dem Fenster, als der Zug über eine Brücke ratterte, von der aus einen Moment lang die Donau mit dem Ulmer Münster zu sehen war. Hinter Stuttgart ging er in den Speisewagen in der Hoffnung, unterwegs der Hübschen zu begegnen, erfuhr aber dann, der ersehnte Anblick sei wohl dem sogenannten Personalwechsel zum Opfer gefallen, was seinen Appetit erheblich minderte. Dafür stachelte Mannheim, wo er den schicken ICE verlassen und in die Bummelbahn steigen sollte, seine im Pfahlbau eingeschlafene Abenteuerlust wieder an. Was da alles wohin fuhr: nach Hamburg und Amsterdam, Köln und Paris,

Luzern und Milano, Wien und Budapest. Das Fossil dachte: Eppelsheim muss ja nicht unbedingt meine letzte Reise sein, irgendwie und sei es auch aus traurigem Anlass, hatte er Lust bekommen, noch etwas von der Welt kennen zu lernen.

Dieses Gefühl verstärkte sich noch in der ordinär scheppernden Regionalbahn auf nunmehr harten Holzbänken. Unvermittelt musste er an die Erzählung von Kafka denken, wie ein obskurer Zug in einen Tunnel einfährt, immer schneller wird und nie mehr heraus kommt.... Zwar war es hier kein Tunnel, aber eine absolut öde Umgebung ohne den geringsten Akzent für das Auge. Verlassene Bahnhöfe waren die einzige Unterbrechung in dieser beängstigenden Leere. Der Eindruck verstärkte sich noch beim Aussteigen vor einem verfallenen Gebäude, das die Station Eppelsheim sein sollte, wie ein Mitreisender glaubhaft versicherte.

Das Fossil staunte über eine eintönige Dorfstraße, wo die Gebäude ganz im Gegensatz zu seiner Heimat total abweisend waren, der Straße nur die nichtssagende Rückseite gönnten, während die Schokoladenseiten anscheinend nach innen, zum nicht einsehbaren Hof ausgerichtet waren. Einen Pfälzer Weinort hatte er sich idyllischer vorgestellt. Hier sollte also sein Brieffreund, dieser sprachlich so hochbegabte und weitgereiste Schriftsteller gedacht, geschrieben, gelebt haben?

Im Rathaus, einem ebenfalls unansehnlichen Gebäude, war der Gesuchte glücklicherweise kein Unbekannter, man rief bei ihm an, es meldete sich niemand, aber die freundliche Dame vom örtlichen Sozial-und Standesamt kam auf die glänzende Idee, dass ein so kranker Mann wohl im Kreiskrankenhaus zu finden sei. Und gefragt, wie man da wohl hinkomme, erbot die adrette Gemeindebedienstete, die mit Recht in ihrer Jugend einmal Pfälzer Weinkönigin gewesen war, das Fossil am Feierabend nach Alzey mitzunehmen, das sei für sie kein großer Umweg.

So landete er in einem Ort, dessen Name er noch nie vernommen hatte, lief noch ein wenig lustlos durch das ausgestorbene Nest und quartierte sich schlussendlich in einem ziemlich düsteren Hotel ein. Seine Gedanken gingen zu dem jetzt in unmittelbarer Nähe leidenden Freund.

Am nächsten Morgen beim Betreten des nicht unfreundlichen Krankenzimmers wusste er auf Anhieb, dass sich die längste Fahrt würde gelohnt haben, allein schon durch das „wissende Lächeln", das ihm der Patient entgegenbrachte. Da lag er, schaute den zaghaft Eingetretenen herausfordernd an und schien sofort zu wissen, wer der Besucher war.

„Mensch, Du siehst gut aus" sagte das Fossil zum kranken Freund, etwas plump-simpel, wie er es wohl nie geschrieben hätte, da ihm die Gabe fehlte, eine Person seitenlang in allen Details zu schildern wie zum Beispiel ein Thomas Mann. Aber darum ging es hier nicht. Der Bettlägerige schien sich so herzlich über den Besuch des Brieffreundes zu freuen, dass dieser es warm als ausreichende Belohnung für seine spontane Initiative empfand. Sie hatten sich noch nie gesehen und waren sich doch vertraut wie ganz alte Freunde, unterhielten sich über Gott und die Welt... bis er von der Schwester gebeten wurde, das Krankenzimmer zu verlassen. Der Brieffreund gab ihm zu verstehen, dass er nach seinem Weggang wohl wieder zurückfallen würde in den Zustand des unheilbar Kranken, aber glücklich sei, diesen Besuch noch erlebt zu haben. Vom Sterben war zwischen ihnen nicht die Rede.

Mit einem Gefühl der Dankbarkeit, aber auch des irgendwie Unwirklichen lief er zurück zu diesem verlorenen Bahnhof und sah zu seinem Erstaunen: Es fuhr von diesem Nirwana fast stündlich ein Regionalzug nach Mainz. Mainz - das Fossil fiel ins Grübeln. Sollte er vielleicht auf einem „kulturgeschichtlichen" Umweg nachhause fahren?

UMWEGE UND ERINNERUNGEN

Von Mainz wusste er wenig. Hatte nicht irgendwo hier in der Nähe „der Zuck" gelebt und seinen fröhlichen Weinberg geschrieben, bevor die sogenannten Alliierten die alte Bischofsstadt bis zur Unkenntlichkeit zerbombten. Und aus der Zeit, als er noch manchmal vorm Fernseher saß, erinnerte er sich, dass es dort einen Karnevalsverein gab mit dem tollen Leitspruch „Allen Wohl und niemand Weh - Faasenacht beim MCC". Im Tourismusbüro erfuhr er weiter, Mainz sei unter Napoleon und dann wieder nach dem bösen Vertrag von Versailles französisch besetzt gewesen und stehe außerdem in ständiger Konkurrenz zu Wiesbaden auf der gegenüber liegenden Rheinseite! Mein Gott, dachte das Fossil, Vater Rhein! Da floss er breit und majestätisch!

Mit Respekt ging er die Rheinpromenade entlang, trotz Autoverkehr beeindruckt von der stolzen Größe des Stromes. Es fiel ihm ein, dass der Vater, nationalliberal aber keineswegs Nazi, immer wieder das Lied von der Wacht am deutschen Rhein gesungen hatte, zu dem 1936 noch die Saar kam mit ´Deutsch ist die Saar, Deutsch immerdar!´

Seine Gedanken flossen mit dem Wasser den Rhein hinunter nach Bingen, Mäuseturm und Loreley, zum Kölner Dom und durch die Niederlande bis zur Nordsee. An wie vielen Flüssen hatte er eigentlich schon gestanden und sinnend vor sich hin gesonnen? Da purzelten die Bilder vor sein geistiges Auge, erst zur Donau, wo sie im Kloster Dürrstein, unmittelbar am Ufer, einen recht heiteren Abend mit einem guten Grünen Veltliner verbracht hatten und gleich weiter zum Main, wo er eine Zeitlang als Hauswein seinen Randersackerer Ewigleben geholt hatte, weiter nach Staffelstein und zum Obermain mit dem Kloster Banz, wo er einst eine ebenso schöne Aussicht wie ein todlangweiliges Seminar erlebt hatte.

Die stärkste Fluss-Erinnerung aber war und blieb der Eiserne Steg in Frankfurt mit dem "Nizza", dieser wunderbar südländischen Anlage direkt am Mainufer, das Böll eine Flusslandschaft genannt hätte. Fast hetzten sich die Erinnerungen jetzt in seinem Hirn hin und her und er versuchte, wenigstens etwas Ordnung in die Gedankenflut zu bringen. Noch immer bewundernd auf den Rhein und die Frachtschiffe schauend, bat er sein chaotisches Gedächtnis, jetzt endlich einmal mit den Flüssen anzufangen, die mit geschichtlichen Ereignissen verbunden waren. Zum Beispiel der Elbe, die während der Teilung Deutschlands scharf bewachte Staats- ja kalte-Kriegs-Grenze zwischen West und Ost gewesen war. Wenn er sie damals überquerte, hatte er das Gefühl, in ein fremdes, ja bedrohliches Land zu kommen, obwohl doch hüben wie drüben die gleichen Kiefernwälder wuchsen und die gleiche Sprache gesprochen wurde.

Westberlin selbst empfand er seinerzeit immer nur als pompös dekoriertes Schaufenster, das echte Berlin lernte er erst nach der so genannten Wende kennen, als er mit seinem Cousin, dem DDR-Professor, die Spree entlang spazierte. Hier endlich spürte man Atmosphäre, ganz anders und doch ähnlich wie in Paris bei einer Bootsfahrt auf der Seine mit ihren markanten Brücken, darunter die bombastisch aufgedonnerte für einen Besuch des russischen Zaren, den die Franzosen wahrscheinlich mit diesem Imponiergehabe gegen die Preußen einstimmen wollten. Ganz in der Nähe dieser affig dekorierten Brücke war aus einem Vorortbahnhof ein wunderschönes, attraktives Museum mit dem klangvollen Namen Musee d´Orsay entstanden.

Wer aber, ging ihm durch den Kopf, würde in einigen

Jahren überhaupt noch wissen, dass Deutschland hermetisch geteilt gewesen war in DDR und BRD und man von einem Teil zum anderen nur mit dem „Interzonenzug" fahren oder sich durch Schlagbäume und finstere Volkspolizeikontrollen kämpfen musste.

Und wer wusste jetzt noch und bald nicht mehr, was das eigentlich war: KRIEG! Zum Beispiel im Luftschutzkeller zu kauern und stundenlang das dumpfe Brummen der überfliegender Bomber zu ertragen…damals, als sie gerade dabei waren, das einmalig schöne Dresden in Feuer und Asche zu legen, dem Erdboden gleich zu machen. Noch fünfzig Jahre nach diesem Verbrechen schien es ihm, als röche man noch immer den Brand in der mühsam zurecht geflickten, aber wieder mit Touristen vollgepfropften Stadt. War er zu empfindsam, spürte nur er diese Fragwürdigkeit einer künstlichen Renaissance?

Jetzt war er erst mal hungrig. Die immer düsterer werdenden Gedanken sollten durch etwas Handfestes vertrieben werden. Genau: einen Mainzer Handkäse, am besten „mit Musik" müsste es hier doch an jeder Ecke geben - doch mitnichten. Das Fossil fand Currywurst, diese Perversität und türkisches Kebab an vielen

Stellen, doch erst im letzten Moment in einer Altmainzer Kneipe den begehrten Handkäse, zwar im Stadium äußerster Reife, aber dank reichlich Pfeffer, Essig und Öl gerade noch essbar; dazu einen Ebbelwoi, wie er ihn drüben in Sachsenhausen schätzen gelernt hatte.

Bei den Tränen, die sich plötzlich und ganz ungewollt in seinen Augen breit machten, war er nicht sicher: Kamen sie von den scharfen Zwiebelringen oder doch aus der Erinnerung? Sachsenhausen! Was hatte er da alles erlebt mit Hilla, seiner Kollegin im Verlag und später auch im Privaten... bei ihren Radtouren durch den Stadtwald, hinauf zum Goetheturm und hinunter zur Gerbermühle am Main, wo ein gewisser Johann Wolfgang von Goethe seine geliebte Marianne im Aquarell mit handschriftlicher Widmung festgehalten hatte.

Er blieb nicht bei Marianne und seine Hilla nicht bei ihm. Sie heiratete einen Offizier der US-Armee, den sie ausgerechnet als Helfer bei einem seiner vielen Wohnungswechsel kennengelernt hatte, ging nach Amerika und hatte mit ihm - wie er später erfuhr - viele Kinder. Aber das war nicht die einzige verpasste Chance in seinem Leben gewesen. Ehrlicherweise konnte er viele ungenutzte Gelegenheiten aufzählen, was die Frauen betraf und wischte sich die letzte Träne aus dem Gesicht. Da hatte es doch vor Hilla beim Studium in Hamburg eine Dorothee gegeben, eine Emanzipierte aus bester hanseatischer Familienqualität. Das war kein kicherndes Fräulein gewesen, eine hochintellektuelle junge Frau, mit der man über alles reden, aber auch im Kino Händchen halten konnte. Nur im Bett ging nix, was dazu führte, dass er später fast instinktiv solche sich anbahnenden Gelegenheiten lieber sausen ließ.

Diese grenzenlose Feig- und Dummheit dem anderen, scheinbar gefährlichen Geschlecht gegenüber führte lange dazu, sich mit ein paar halbherzigen Schmusereien und nachgeordneten Liebesbriefen zu begnügen, unfähig, ein vielleicht dubioses, aber auch verlockendes Schicksal zu ergreifen. Welcher Versager war er in Gottes oder vielmehr nicht in dessen Namen gewesen und wieso kam ihm ausgerechnet jetzt über dem kräftigen Geruch eines überreifen Handkäs diese negative Bilanz ins Gedächtnis?

Besser war es wohl, die offenbar geschichtsträchtige Gegend schnellstens verlassen! Er besorgte sich ein Schlafwagenticket für die Rückfahrt; aber was hatte er da gebucht? Eine schmale Kiste für viel Geld, ein hartes, enges Bett, wie ja überhaupt die Betten umso schmäler waren, je länger man sich - zum Beispiel im Krankenhaus - in ihnen aufhalten musste. Dem Verwöhnten mit seiner einmeterachtzig breiten Schlaflandschaft in seinem Refugio war dieses muffige Schlafwagenabteil durch und durch zuwider.

Er konnte nicht einschlafen und sprang, noch immer nicht zur Nacht umgezogen, aus dem Abteil, als dieser trostlose Zug mal wieder auf einem toten Bahnsteig stand. Erst draußen, es war schon Mitternacht, las er zu seiner Erleichterung HEIDELBERG, bekam im Intercityhotel noch ein beinahe luxuriöses Zimmer und beschloss, am nächsten Morgen die berühmte Universitätsbibliothek aufzusuchen. Einer seiner Brieffreunde hatte ihm über die Fülle von Handschriften berichtet, die dort archiviert seien. Dieser Geschichte wollte er in der Frühe nachgehen, die mit klarer Luft und strahlendem Sonnenschein begann, so dass man wirklich sein Herz in Heidelberg verlieren könnte - nicht nur im Schlager.

IM MEKKA DER HANDSCHRIFTEN

Und ein Schlager waren dann tatsächlich die hier in der UNI gespeicherten historischen Bestände: Handschriften aus Salem und dem Sachsenspiegel, Urkunden und Inkunabeln, geologische, anatomische, theologische, archäologische und selbst ägyptologische Zeugnisse, dazu die älteste Zeitschrift der Welt, die „Straßburger Relation" von 1609. Wo sollte er anfangen?

Die Kustodin in der Bibliothek frug ihn, ob er Graphologe sei, was er empört verneinte. „Den Teufel werde ich tun und heutzutage Menschen nach einer Handschrift beurteilen, über die sie in den meisten Fällen gar nicht mehr verfügen!", sagte er zur Bibliothekarin, die verständnisvoll nickte und ihm zur Erbauung den CODEX MANESSE aus der Bibliotheka Palatina empfahl. Damit zog sich das Fossil in die stillen Hallen mit den wertvollen Sammlungen des Mittelalters zurück und schaute in Studierpausen schmunzelnd hinaus auf den Campus, wo sich die Kommilitonen trafen.

Das also war einmal das Mekka der viel gepriesenen Burschenherrlichkeit gewesen mit ihren Männlichkeitsriten und Bier-Orgien. Und jetzt? Auch in Heidelberg war die Zeit nicht stehen geblieben: Er sah mehr Weiblichkeit herumstreunen als „Burschen", die ganz ohne Schmisse und offensichtlich in der Minderzahl waren. Tempi passati - dachte das Fossil - gab das wunderschön illustrierte Stundenbuch zurück und vertiefte sich in Schriften über die altägyptische Medizin, dann in zunehmender Spannung in „Reiseberichte aus aller Welt". Das aber hätte er lieber nicht tun sollen, denn nun überfiel es ihn wieder, sein Trauma der verpassten Gelegenheiten.

Warum war er noch nie in Indien, China, Südamerika oder wenigstens auf den Bahamas oder Seychellen gewesen? Wieso saß er noch immer und dummerweise zufrieden in seinem Pfahlbau anstatt die Welt näher kennen zu lernen? USA - ja, da war er mehrfach gewesen, einmal auf Einladung eines Kunden, der meinte, er müsse unbedingt DISNEY WORLD in Florida kennen lernen und ihm eine Studienreise schenkte ins MAGIC KINGDOM von Orlando, das die Amis dröge „Ooorlähndo" aussprachen. Dort in einem riesigen künstlichen Themenpark mitten im Sumpfland wurden weit über hundert „attractions" angeboten. Er kaufte sich nur ein Dutzend, darunter das Vogelhaus mit tausend Gezwitscher und Tirilieren aus allen Richtungen, dann eine Unterwasserfahrt mit hungrig an die wasserdichten Scheiben stoßenden Plastikhaien und natürlich den Western Saloon, wo gerade der Barkeeper angeschossen hinter dem Tresen zusammenbrach... Am spannendsten war dann aber doch die HALL OF NATION, wo alle amerikanischen Präsidenten lebensgroß zu einem Ensemble aus Pappmaché aufgebaut waren.

Ausgerechnet sein mit Foto- und Filmgeräten über und über behängter Zimmernachbar aus dem POLYNESIA Hotel hätte hier beinahe einen Eklat verursacht. Dieser freche Wiener, Mitinhaber eines Waschsalons in Ottakring lief, obwohl der Sprecher ausdrücklich um Respekt und Ruhe gebeten, Fotografieren verboten hatte, seelenruhig zur Bühne und knipste drauflos, während das heroisch gestimmte Publikum gerade ergriffen die Nationalhymne zu singen begann! Da ging ein böses Zischen durchs Publikum, aber verhaftet wurde er nicht. Allerdings sprach dieser Ignorant nationaler Gefühle schlecht Englisch und hatte vielleicht die ernste Mahnung zur Ruhe gar nicht mitgekriegt. Aber auch sonst war dieser Waschsalonweaner ein absoluter Schlawiner! Es gelang diesem ausgekochten Charmeur doch tatsächlich, eines der bildhübschen polynesischen Mädchen aus dem Hotel ab- und mit nach NEW YORK zu schleppen, dem letzten Ziel dieser Reise. Mit neidvollen Blicken beobachtete das Fossil die beiden, wie sie eng umschlungen und anscheinend tief verliebt durch die Eingangshalle des Waldorf-Astoria Hotels dem nächsten Bett zustrebten. Aus lauter Frust ging er aus seinem King Bed Deluxe Room, dem leider total einsamen Luxuszimmer in diesem berühmten Hotel, noch in der Nacht zum Broadway, stöberte in einem Buchladen mit Unmengen von Pornoliteratur herum und speiste dann, allmählich hungrig geworden, gegen zwei Uhr früh in einer 24 hour-, also Tag und Nacht offenen Kneipe.

Das fiel ihm wieder ein, als er auf Anraten der Bibliothekarin, die auch Mittagspause machte, in der Mensa versuchte, etwas Genießbares zu ergattern. Unglücklicherweise gab es selbst im Musentempel nur das schwäbische Beton-Gericht Linsen mit Spätzle. In Anbetracht dieser optisch wie verdauungsmäßig problematischen Speise dachte er wehmütig an das ungeheure Cut Choice Steak der Great Western Beef Company zurück, das er seinerzeit im Speisewagen des CALIFORNIA ZEPHYR auf der Fahrt über den Großen Salzsee zu sich genommen hatte, und gleich noch weiter an das Riesensteak in eben dieser Pinte am Broadway, von dessen unübertroffen schmackhaften, auf den Punkt gebratenen Substanz nur das rosige Fleisch ablenkte, das sich frisch und absolut ungebraten unmittelbar über seinem Teller mit tiefen Einblicken in die Anatomie präsentierte. Zu seinem Erstaunen nahmen die meisten hungrigen Gäste kaum Notiz von diesen aufreizend tanzenden Gogo-Girls, die doch offensichtlich zur Appetitanregung engagiert waren. So sehr die Fastnackerten damals beim Essen störten, so sehr vermisste er jetzt irgendeine Attraktion in der trüben Mensa der Heidelberger Uni. Überhaupt hatte er eigentlich keine Lust, noch weitere landesübliche Spezialitäten kennenzulernen, fuhr zum Bahnhof, sah die Anzeige „Stuttgart", dachte an eine knackige Rote im dortigen Bahnhofskiosk und vielleicht auch eine schnelle Verbindung nach Wien? Dort gab es die größte Handschriftensammlung weit und breit, folglich sollte er nach dem Heidelberger Abstecher doch noch ins kunsthistorische Museum in Wien vor der Rückkehr in seinen Pfahlbau.

Spät am Abend traf er in Wien ein, nahm sich sofort ein Taxi zur seinem Lieblingsbeisl in Neustift am Wald mitten in den Weinbergen am Rande der Stadt und fand doch tatsächlich das Buffet noch offen, den Heurigen frisch und süffig, die Wiener noch am Jausen und, um das kleine Glück voll zu machen, auch noch die geliebte

Stubenmusi mit dem Lied „Mei Muatta war a Weanerkind…" was ihn schon mit dreizehn Jahren im Geraer Theater zwischen zwei Luftangriffen zum Weinen gebracht hatte. Mit dem nuschelnden Hans Moser, der mal eine Reblaus gewesen sein und den Wein nicht trinken, sondern „beißen" wollte, rollte sich das Fossil ins Gästebett der Straußenwirtschaft und dachte beim Einschlafen: **Wenn nichts anderes gewesen wäre als dieser Abend in Wien, es hätte sich verdammt nochmal gelohnt!**

Am nächsten Tag in der Handschriftensammlung kam der seelische Rückschlag. Ins Gespräch gekommen mit dem Archivar fragte ihn dieser, warum er sich die Mühe und Kosten mache, persönlich zu kommen, wo er doch alle Schätze schön geordnet im Internet hätte finden können. Diesen fremden Begriff hatte er schon mehrfach in anderen Zusammenhängen vernommen, hier und heute aber tatsächlich die Lust verloren, in der Realität herumzukramen. Er wollte nur noch nach Hause, in sein geliebtes Pfahlbaumdomizil. Auf dem Weg zum Bahnhof, geneigt aber noch unentschieden mit dem Nachtzug nachhause zu fahren, bemerkte er im dritten Stock eines etwas verlotterten Mietshaus die leuchtende Reklame: NACHTSAUNA.

Von einigen älteren Herren, die ihn auch schon eingeladen hatten, mal mit zu kommen, wusste er, man traf sich regelmäßig in der Dorfsauna... abends, ja. Aber nachts? Das konnte er sich nicht vorstellen, also, dachte er, was mögen das für Leute sein, die nachts saunen gingen. Natürlich Wiener! Von denen war ja nix anderes zu erwarten; schon die Sprache, dieses weibisch-weiche Gemauschel, dieser verlogene Charme (´Küß die Hand, gnä Frau!´) war dem Fossil nicht geheuer. Machte ihn aber auch neugierig. Schließlich fasste er sich ein Herz, griff zur Glocke, fuhr in einem düsteren Lift hinauf und wurde von einer attraktiven, aber nicht übererotischen Dame empfangen und um etliche Schilling erleichtert. Es war das einzige weibliche Wesen in diesem feuchtwarmen Etablissement! Als einer der Badegäste, etwa Frühsechziger, ihn auf dem Gang streifte, und zwar, wie es schien, nicht zufällig, kam dem Fossil erstmalig der Gedanke, es könnte sich um eine Örtlichkeit für Andersgeartete handeln, wie man die Homos in seiner konservativen Ortschaft respektlos nannte. Jetzt erst bemerkte er durch die Vorhänge der vielen Einzelkabinen mitunter stöhnende, ja brünstige Töne, einmal sogar einen kurzen Schrei, dann wieder männliches Gemurmel der friedlichsten Art.

Das Fossil fing an, sich etwas unwohl zu fühlen, als ein sehr sympathischer Herr mit sportlicher Figur ihn aufklärte: „Ich weiß nicht, ob Sie wissen, um was es hier geht, dass es um etwas geht, das uns hier vertraut ist – Ihnen aber wohl nicht?!" - „Nein, nein, absolut nicht", sagte das Fossil und dankte dem Aufklärer vieltausendmal. Also doch lauter Schwule, dachte er beim Einpacken seiner Siebensachen und verließ rasch den unheimlichen Ort.

Doch nun, wohin? Im Hotel hatte er sich abgemeldet, der Nachtzug war weg, die Straße öd und leer, und nur am Eingang eines Parks schien eine Nachtbar noch offen zu sein. Als er eintrat, konnte er durch dichten Rauch (damals war das noch erlaubt!) leider nur etwas undeutlich, aber offensichtlich nackt mehrere Mädchen entdecken, die auf dem Tresen nach einer abartigen, gehackten Musik tanzten. Direkt unter ihnen auf dem Barhocker sitzend, sah er zu seiner Beruhigung, dass sie nur oben ganz nackt, im Schritt aber, wie das die Unterwäschefabrikanten nennen, mit einem kleinen schwarzen Schamtuch bedeckt waren.

Drehte sich denn sich alles in dieser Stadt um Erotik oder gar bloßen Sex? Dort die Homos, hier anscheinend die Heteros. Und allmählich begann er, akuter erotischer Tätigkeit selbst längst entwöhnt, unter diesen bauchnabelkreisenden Tänzerinnen so etwas wie Lust zu verspüren, dieses wie er meinte doch längst ad acta gelegte Gefühl. Darauf durfte er sich nicht einlassen! Also raus, weiter gen Bahnhof durch leblose Häuserschluchten, bis die modernistische Fassade des Westbahnhofs auftauchte.

Wieder staunte das Fossil, wie viele, wenn auch anscheinend schlecht gelaunte Menschen in dieser unanständig frühen Stunde auf den Beinen waren und irgendwelchen finsteren Vorortzügen zustrebten. Angewidert, hungrig und müde lief er die Gleise entlang, bis ihm ein eleganter Zug mit illuminierten Fenstern auffiel, anscheinend die erste und einzige Transportmöglichkeit, die ihm halbwegs akzeptabel erschien. Es war der Nachtzug von Dortmund nach Budapest, in dem nach langer Nacht gerade der Speisewagen fürs Frühstück geöffnet und frische Croissants angeliefert wurden. Das Fossil überlegte nicht lange, stieg als vermeintlicher Schlafwagengast in den Speisewagen... und schon setzte sich der offensichtlich halb leere, aber voll vornehme Zug in Bewegung. Bei einem großen Braunen und einem frischen Kipferl lernte er die noch nachwirkende österreichisch-ungarisch-habsburgische Disziplin kennen durch einen hübsch uniformierten, aber strengen Zugbegleiter, der ihm klar machte, dass er absolut illegal an seiner Semmel nage. Dies ist ein internationaler Zug, bemerkte er mit todernster Miene, und er sei reservierungspflichtig! Er müsse ihn bitten, beim ersten Halt den Zug zu verlassen, auch könne er hier nicht so einfach eine Fahrkarte kaufen. Zur Genugtuung des Fossils war der erste Halt die Grenzstation zu Ungarn; der Österreicher verließ mit einem bösen Blick in Richtung Fossil seinen Arbeitsplatz, sein ungarischer Kollege kam in den Wagen und ließ sich erst einmal einen Kaffee offerieren. Dann begann er seinen Kontrollgang am Ende des Zuges und wurde des Fossils erst ansichtig, als der Zug nach gut zwei Stunden bereits durch die Vorstädte der Kapitale brauste. Anscheinend nicht zufällig übersah er das noch immer im Speisewagen schmausende Fossil und dachte nur noch an den Feierabend. So kam das Fossil unbelästigt und außerordentlich preiswert nach Budapest und staunte nicht wenig über die monumentale KELETI-Station mit ihrer prächtigen Fassade.

AUS VERSEHEN IN BUDAPEST

Er las 1884, also war dieser stattliche Bahnhof in der hohen Zeit des Eisenbahnbaues in Europa errichtet worden und nicht, wie später, lieblos und rein funktional. Ins Historische abgerutscht, konnte er der vordringlichen Frage nun nicht mehr ausweichen, was er wohl in der ungarischen Hauptstadt zu so früher Stunde überhaupt zu suchen habe! Eine unangenehme Frage; sie traf ihn hart in seiner Unausgeschlafenheit, die langsam zu schmerzen begann. Gab es nicht in Großstädten im Bahnhofsviertel immer sogenannte Stundenhotels?

Da fiel sein Blick auf die Leuchtreklame LOCOMOTIVE in einer Nebengasse, die ein morbides Haus als Hotel offerierte. Seine Überraschung: Es war ein ganz solides Etablissement mit einem verständnisvollen Herrn an der Rezeption, der dem todmüden Fossil ein ruhiges Zimmer ab sofort und für die kommende Nacht anbot. Das Fossil, in voller Kleidung sofort eingeschlafen, träumte vom heimischen Pfahlbau und erwachte erst bei einem Klopfen an der Tür. Es war das liebenswürdige magyarische Faktotum, der ihn frug, ob er essen möchte, das Restaurant sei jetzt geöffnet. DAS FOSSIL ließ sich das nicht zweimal sagen, setzte sich an einen weiß gedeckten Tisch und staunte über die Speisekarte in diesem relativ einfachen Hause. Sie machte Appetit und klang nach Abenteuer mit Speisen wie Fogasch, Kolbasz, Pörkölt und natürlich Gulyasz, und was versteckte sich wohl hinter Becsiszelet? Der Ober, der ein an den Zigeunerbaron erinnerndes Deutsch sprach, erklärte ihm, es sei das traditionelle Wiener Schnitzel vom Kalb, wie es das Fossil in Deutschland immer wieder vergeblich bestellt hatte, immer kam es vom Schwein in unschöner Gestalt daher. Hier aber wollte er es echt, hauchdünn in bester Panade haben, und bekam es. Erste Seligkeit machte sich breit, wurde aber bei einem süffigen Tokajer doch überschattet von der bald unvermeidlichen Planung des oder gar der Tage. Noch ließ sich ein intensives Nachdenken verzögern durch Pogatschen und einen Barack, der ihn gleichzeitig Mut machte, das Lokal zum Zwecke der weiteren Planung zu verlassen.

Gleich gegenüber dem Keleti-Bahnhof fand er das Touristenbüro, ließ sich einen Stadtplan aushändigen und wollte wissen, in welchem der zahlreichen Museen es Handschriften zu sehen gäbe. Die zwar hübsche Magyarin am Counter mit bemerkenswert anregendem Dekolletee, aber wohl kein Kind des großen Geistes, schaute ihn hilflos, ja fast ein wenig angewidert an, kam aber auf die glänzende Idee, den Herren im dunklen Hintergrund des Raumes, zwischen Bücherstapeln wühlend, zu fragen. Er humpelte heran und sagte dem Fossil: „Fahren Sie zum Szechenyi Museum, dort finden Sie alles!" Vom Taxifahrer, der ihn mit „Habe die Ehre" begrüßte, ließ er sich bestätigen, dass man mit dem Taxi viel schneller und bequemer zum Szechenyi käme als mit der überfüllten Metro. Ausgestiegen, wunderte er sich, warum dieses imposante Gebäude mit SZECHENYI FÜRDÖ bezeichnet wurde, was so gar nicht nach Museum klang! Er ging zur Kasse und erlebte die nächste Verwunderung: Die Dame am Schalter wollte wissen, ob er sich ein großes oder kleines Badetuch ausleihen möchte!

Jetzt erst realisierte das Fossil, dass er statt im Museum in diesem berühmten Heilbad gleichen Namens wie die Nationalbibliothek gelandet war. Das musste ja ein toller Kerl gewesen sein! Von einem älteren Badegast, der fantastisch gut deutsch sprach, erfuhr er dann, es habe eine ganze Adelsfamilie Szechenyi gegeben, verdiente Magnaten wie er sie nannte, die als echte Patrioten geholfen hatten, dass sich Ungarn aus der Habsburgermonarchie zu einem eigenen Nationalstaat hatte mausern können, allen voran der Ferensz, also der Franz und dann sein Sohn, der Istvan, nach dem dieses pompöse Bad genannt war. Auf also ins nasse Thermalwasser statt ins trockene Museum, sagte er sich, den plötzliche Veränderungen nicht aus dem Konzept bringen konnten, beinahe im Gegenteil. In solchen unvorhergesehenen Ereignissen sah er das Abenteuer und ließ sich – anders als üblicherweise Pensionisten - gern auf neue Erlebnisse ein.

Aber damit hatte er nicht gerechnet: Dieses Bad, eines von vielen in Budapest, war viel mehr als ein Bad, das war ein Phänomen! Ein riesiges Thermalbad voller Leben, voll vergnügter Menschen und mit Männern, die auf einem im Wasser schwimmenden Brett Figuren hin und her schoben, ähnlich wie beim Schach und doch ganz anders. Die Spieler lagerten im 40 Grad heißen Thermalwasser, das in den verschiedensten Becken dampfte, sprudelte, gluckste, gurgelte und zum Teil ruhig, zum Teil in rauschenden Kanälen floss. Es gab Grotten und Bäder, fein getrennt für Weiblein links und Männlein rechts, und dort man badete man nackt mit einem leinenen Lendenschurz, der wohl als moralisches Alibi gedacht war, denn im nassen Zustand zeichnete er erst recht korrekt ab, was der einzelne hinter diesem an der Haut klebenden Vorhang zu bieten hatte.

Das Fossil kam mit dem im Preis inkludierten Bürstenmasseur ins Gespräch, der ihm erklärte, in dieser Stadt gäbe es das größte Heilwasseraufkommen Europas mit fast einem Dutzend weiterer Thermalbäder... nicht ganz so bombastisch wie das Szechenyi, dafür richtig urig wie das Rukas aus der Zeit der türkischen Besatzung oder das hoch elegante Gellert an der berühmten Kettenbrücke über die Donau, die auch wieder nach diesem Tausendsassa, dem Szechenyi benannt war.

Dessen Handschrift musste er unbedingt ergattern, bevor er zurückfuhr in sein Nonnenhorn, dachte das Fossil und außerdem, dass Goethe hier und nicht in Weimar "des Volkes wahren Himmel" erkannt hätte. Doch Johann Wolfgang war zwar oft in Karlsbad, nie aber in Budapest gewesen. Was für eine Stadt! Wo Musik nach außen drang, gab es drinnen was zu essen und umgekehrt, ohne Musik gab es außer in Fast-Food-Schuppen nichts für Gaumen und Kehle.

Und doch schlich sich in des Fossils Gemüt immer stärker die Notwendigkeit, sich das Procedere zu überlegen. Im Grunde war er doch rein zufällig hier angeschwemmt worden und musste nun endlich so etwas machen wie einen Plan, eine Tätigkeit, die ihm in seinen Pfahlbau in Nonnenhorn fremd geworden war. Sollte er nicht auf schnellstem Wege wieder diese Behaglichkeit aufsuchen statt nach irgendwelchen Schriftzügen zu jagen, von deren Struktur er zwar immer wieder überrascht war, wenn er sich den Schreiber vorstellte, ob auch zum tieferen Verständnis ihm Studium und Praxis fehlten. Wieso sollte er sich mit irgendwelchen Promis und deren Schriftzügen befassen, wo er doch seine Brieffreunde hatte, wenn auch nur noch drei. Da tät´ ein Neuer not, nur woher nehmen? Die Jüngeren hatten ihr „Täblätt" oder Smartfoon und konnten vielleicht gerade noch ihren Namen oder dürre Notizen schreiben, aber absolut keine Briefe - ein Jammer, wenn man bedachte, welch´ witzige und ungeheuer gut formulierten Briefe er zum Beispiel von seinem verstorbenen Freund bekommen hatte. Einen trug er wehmütig in seinen Papieren immer bei sich. Um sich seiner Situation sicherer zu werden, beschloss er, frisch gebadet und noch richtig schön durchblutet, in seinem dusteren Hotelzimmer jetzt endlich einen Brief an sich selbst zu schreiben…

Liebes Fossil, begann er und dachte, wie albern, beließ es aber dabei, also bei allem Verständnis für Ihre selbst im hohen Alter noch ausgeprägte Abenteuerlust: Was suchen Sie eigentlich in Budapest? Und warum nicht in New York oder am Popocatepetel?

Sehen Sie, Sie wissen es nicht. Sie haben sich einfach treiben lassen und sind in einen Zug gestiegen, nur weil der erleuchtet war und komfortabler aussah als alle andereren, die Sie vielleicht wieder nach Hause gebracht hätten, wo Sie hingehören, Sie Fossil Sie!

Komischerweise war es im Speisesaal der Locomotive ganz still, also gab es auch nichts zu essen; denn wo es was zu essen gab, das war ihm inzwischen klar, gab es auch Musik. So ging er also die Nebenstraßen auf und ab und trat in ein Restaurant ein, aus dem besonders wehmütige Klänge heraus drangen, Zigeunerweisen, zum Heulen, die an diesem Abend zum Fossil besser passten als Heiderassabum oder schmalzige Wienerlieder vom letzten Abend - oder war das schon länger her? Dieses Herumfahren brachte einem völlig durcheinander, es war wirklich höchste Zeit, wieder aufs friedliche Baumhaus zu klettern!

Als das Fossil zwischen dem ständigen Kommen und Gehen der Bahnbediensteten in seinem Locomotive Zimmer endlich eingeschlafen war, hatte er einen merkwürdigen Traum: Er saß im Feldherrenzelt vom großen

Wallenstein, Oberbefehlshaber der kaiserlichen Armee im Dreißigjährigen Krieg, und sollte die Männer, die sich als Offiziere bei dem berühmten Feldherrn bewarben, graphologisch begutachten. Es nützte ihm nichts, als der dem hohen Herrn erklärte, er habe bei weitem nicht das Format eines Keppler, dessen astrologischen Voraussagen der Friedländer absolut vertraute, ja, nach ihnen seine Kriegsplanung wie sein privates Leben richtete. Wallenstein ließ nicht locker, anscheinend war des Fossiles Ruf besser als seine Fähigkeiten. So saß er denn etwas bekümmert an einem riesigen Tisch und schaute sich Schriftzüge an, die ihm allesamt ziemlich bemüht und keineswegs echt vorkamen. Da fiel es ihm nicht schwer, mit Hilfe eines Polaritätenprofils recht willkürlich nach Plus- oder Minuspunkten zu urteilen. Wallenstein war´s zufrieden und er wurde sogar zu einem seiner berüchtigten Fress- und Saufgelage eingeladen. Das Fossil fand den berühmten Feldherrn ganz im Gegensatz zu seinen schönen Schriftzügen ziemlich ordinär. Gerade, als der große Humpen, aus dem sie alle der Reihe nach tranken, sich ihm näherte, wachte er gottlob auf!

WIEDER DAHEIM

Komisch, denkt das Fossil, als er allmählich die Augen öffnet, ich bin offenbar nicht in meinem Hotelzimmer. Da draußen scheint doch die Sonne und die Vögel zwitschern - bin ich etwa schon daheim im Baumhaus? Und da erinnerte er sich erst unscharf, dann deutlicher, dass er nach seinem Selbsterkenntnisbrief den nächsten Zug genommen und heimgefahren und tief in der Nacht endlich Zuhause angekommen und sofort ins Bett gegangen war.

Ach, ist das schön! seufzte er, wieder daheim zu sein, hatte nicht dieser schlaue Mann wirklich recht (der Name fiel ihm gerade nicht ein), der gesagt hatte: Alle Unbill, alle Probleme in der Welt entstehen dadurch, dass die Leute nicht ruhig zuhause sitzen bleiben können! Diese permanente Herumfahrerei, das immer auf der Achse statt gemütlich auf der Couch oder noch besser am eigenen Herd zu sein... war es nicht tatsächlich neurotisch, eine Massen-Krankheit? Und vor allem eine Flucht? Doch was sollten jetzt tiefsinnige Gedanken. Vor der Tür lagen zwar noch nicht die Frühstücksbrötchen, aber ein Haufen Post, viel Mist natürlich und

grelle Drucksachen, aber auch ein Brief aus der
Schweiz. Man sah von weitem den Stempel mit dem
roten Kreuz anscheinend von einem - welch Wunder -
neuen Brieffreund aus Uzwil, Hundwil, Flawil, Bütschwil
oder Wattwil, jedenfalls einem dieser vielen Wils rund
um St.Gallen, dem Briefkopf nach aber zur Zeit aus der
Paracelsus-Klinik in Lustmühle, tatsächlich einer „Lustmühle", wo der Briefeschreiber anscheinend eine Kur
absolvierte. Er hatte wohl vom Fossil gehört und schickte ihm gleich zwei Handschriftproben von zwei eidgenössischen Berühmtheiten, die nicht nur von der
Schrift her höchst unterschiedlich waren: Frisch und
Dürrenmatt!

Das Fossil sah seine vage Theorie bekräftigt. Die Schrift musste nicht unbedingt Ausdruck der Persönlichkeit, konnte auch Antithese sein. Wallenstein zum Beispiel, der so fein und ziseliert schrieb, dass man nicht auf die Idee kommen könnte, in dieser Schrift einem brutalen Feldherren und Mörder zu begegnen. Auch Hitler hatte eine angenehmere Schrift als Stimme. Es war also problematisch - entgegen allen Versprechungen der Graphologen - mithilfe von Schriftproben Auskunft geben zu können über Charakter und Eigenschaften einer Person. Aber es war ein interessantes Spiel: Max Frisch jedenfalls schrieb so, wie er war: ein bisschen kantig, aber offen und ehrlich. Dürrenmatts Schrift dagegen spiegelte eine komplexe Persönlichkeit in ironischer Distanz zur Umwelt wider, fast ein wenig verschlagen.

So zumindest empfand es das Fossil und schickte seine

Meinung handschriftlich zu dem Herrn in die helvetische Lustmühle.

Da hatte er die Rechnung ohne den eidgenössischen Nationalstolz gemacht! Der neue Brief- und jetzt wohl kaum mehr -freund schien ein Dürrenmatt-Fan zu sein und war entsetzt über die Stichworte des Fossils zu seinem berühmten Landsmann. Während das Fossil noch überlegte, wie er sich und ihn wieder hätte versöhnen können, kam zufällig der Freizeitkapitän drüben vom Hafen am Baumhaus vorbei, grüßte das Fossil und erbot sich, den Brief aus der Lustmühle einigermaßen komplett zu übersetzen. Als Organisator von touristischen Fahrten ans jenseitige Ufer nach Romanshorn verstand er etwas Schwyzerdütsch und konnte es auch lesen, wobei er erst schmunzeln und dann lauthals lachen musste; denn der Brief aus der Schweiz begann zwar mit einem höflichen „äxgüsi", wimmelte dann aber von dialektalen Injurien: „Wa Eh doo schriibid ischt gad meh as tomm – nööchere zom breule! Öbehopt hend Ehr au gäär e ke Recht, öseri Korifäe öbehopt z beurtäälid. Zom Tüüfl mit Eu! Uf nüd bald wide...!"

Das Fossil, nach der Übersetzung der Grobheiten, erst ein bisschen beleidigt, dann aber den gutturalen Wohllaut der Schweizer Mundart bewundernd, sprach sich mit dem Freizeitkapitän ab, ob er ihm mit seiner polyglotten Potenz helfen könne, dem anscheinend originellen neuen Briefpartner etwa auf gleicher Ebene zu begegnen. Das Fossil meinte, ein Menschenschlag, der zu Croissant „Gipfeli", zu arbeiten „chrampfe" und zu gewesen „gsi" sage, könne doch nicht durch und durch bösartig sein. Sie versuchten, auf humorige Art dem Eidgenossen zu antworten, sie hätten ihn keineswegs versäckeln wollen, er möge sich doch bitte gstaad auf seinen Füdli setzen für eine freundschaftliche chutläputzätä, ohne große Polemik könnten sie doch ein wenig weiter diskutieren über Schrift und Charakter — einfach so zum Spaß oder wie er wohl sagen würde - zum Plausch! Da aber fing für das Fossil ein langes Warten an, und wenn sein freundlicher Schweizer Interpret mal wieder nach der Resonanz ihrer gemeinsamen Briefaktion frug, konnte er nur den Kopf schütteln.

Eines Tages aber, er berichtete gerade dem Bürgermeister über seine allerdings traurige Fahrt zum todkranken Brieffreund droben in Rheinhessen, geschah das Wunder: Die Fremdenverkehrsreferentin kam ins Büro mit einem Kuvert, auf dem als Adresse lediglich stand: FÜR DEN LÖLI IN NONNENHORN am Bodensee. Sie meinte, der Brief läge seit Wochen herum, weil keiner wisse, für den er gedacht sei und niemand – auch sie nicht – sich getraut hätte, ihn wegzuwerfen.

Das Fossil erkannte sofort: Das kann nur von Deinem empfindsamen Schreiber aus der Lustmühle sein. Mit zunehmender Empathie las er: „Ich bin zurück aus der Lustmühle und würde gern vorschlagen, dass wir uns in Schrift und Eigenarten über wirklich bedeutsame Persönlichkeiten unserer beider Länder austauschen!" Und als Beispiel – offensichtlich war er selbst Kalvinist oder Sympathisant – nannte er gleich den guten **Calvin**,

„der hat tatsächlich die Welt verändert, mein Lieber (!)", schrieb er weiter, „noch nach fünfhundert Jahren leben die Menschen nach seinem Vorbild und nennen sich stolz und überzeugt Kalvinisten. Gibt es bei aller Ehre irgendwo auf der Welt etwa Frischisten oder gar Dürrenmattisten? Bin gespannt, was Du dazu sagst!"

Das Fossil war verblüfft. Der vielleicht ganz interessante neue Partner musste Humor haben, wenn er den geistigen Fehdehandschuh aufnahm. Er besprach sich mit dem „Mitverursacher", der dank seiner eidgenössischen Kontakte bereits herausgekriegt hatte: Der Briefschreiber hieß Luzi und war anscheinend Redakteur bei der NZZ. „Ist die besser als die Schwabenpost?" frug das Fossil, der anscheinend noch nie eine anständige Zeitung gelesen hatte. Der Freizeitkapitän – nennen wir ihn künftig, da in Bayern geboren, Aloisius oder einfach Alois - klärte das in medialen Fragen tatsächlich fossile Fossil darüber auf, dass es sich bei NZZ, der Neuen Zürcher Zeitung um mehr als eine Zeitung, um eine Instanz, ja eine Institution handele. „Was die schreiben, gilt beinahe so unumstößlich wie das Wort unseres Gegenspielers!"

[Unterschrift: Martinus Luther]

Wen meinst Du?, fragte das Fossil, „etwa den Luther?" "Schau Dir mal den Schriftzug an, da kommt der gute Calvin nicht mit!"

CALVIN GEGEN LUTHER

Das Fossil, begeistert dass er einen Mitstreiter gefunden hatte und noch dazu einen kreativen, stimmte sofort zu, dem neuen Briefpartner auf den Calvin-Vorschlag mit der Luther-Replik zu begegnen. Schließlich hätte es diesen berühmten Johannes Calvin aus Genf ohne den fast dreißig Jahre älteren Martin Luther aus dem sächsischen Eisleben gar nicht gegeben? Der war im Jahr des Herrn 1517, als der Luther seine Thesen in Wittenberg anschlug, gerade mal acht Jahre alt und später sicher vom deutschen Reformator stark beein-flusst! Das schrieb das Fossil mit freundlichen Grüßen ins Appenzeller Land.

Der Luzi schwieg lange. Wahrscheinlich musste er die relativierte Bedeutung des berühmten Schweizer Reformators und Philosophen erst einmal „verdauen". Dann aber meldete er sich zur großen Genugtuung der Baumhaus-Clique wieder und das gleich mit einem pfiffigen Vorschlag zur weiteren Belebung ihres Briefaustausches. Er meinte, man müsse dem Spielchen, wie er ihren Dialog nannte, eine mehr weltmännische Note geben, jedenfalls nicht im Religiösen verharren. Großzügig schickte er über den Bodensee hinüber: „Sucht Euch ein deutsches Pendant aus für diese weltberühmten Schweizer, die ich Euch hiermit unverbindlich und freibleibend anbiete: Julius Maggi, Josef Ackermann, Johann Heinrich Pestalozzi, Gottfried Keller, Bruno Ganz, Stephan Klapproth und Emil Steinberger, dazu die Damen Ursula Andress, Johanna Spyri und Liselotte Pulver. Einen amüsanten Plausch wünscht Euch der LUZI."

Das Fossil war baff! Da hatte er einen beziehungsweise ihn einer erwischt, der ganz bestimmt nicht auf der Brennsupp´ daher geschwommen war, wie das sein bairischer Briefpartner bezeichnet hätte. Alle Wetter, Respekt! Offensichtlich ein hoch gebildeter Mensch mit viel Humor, wo gab es das noch in dieser digitalen Zeit? Gleich wollte er sich mit dem „Kapitän" zusammensetzen und besprechen, wie man auf einigermaßen originelle Weise antworten könnte. Gottlob hatte der LUZI diesmal deutsch geschrieben, man konnte also ohne Translation sofort in „medias res" gehen und erst mal klären: Wollen wir den Ball aufnehmen, und wenn ja, mit welcher der vorgeschlagenen Berühmtheiten in Konkurrenz treten? Das Fossil wusste zwar, die fast beliebteste Literatur drüben in der Deutschschweiz waren die HEIDI-Romane, aber Johanna Spyri war ihm kein Begriff im Gegensatz zum Aloisius, der generell belesen war und dem auch gleich der deutsche „Gegenpol" zur Spyri einfiel, nämlich die mindestens ebenso erfolgreiche Hedwig Courths-Mahler!

> **Hedwig Courths-Mahler**
> Charlottenburg, Knesebeckstr. 12 II   d. 19.12.29
>
> Sehr geehrter Herr!
> Ergebensten Dank für freundliche Gratulation. Mit herzlichem Gruß
> Ihre
> H. Courths-Mahler

Er hatte sogar eine Schriftprobe in seiner kleinen Autographensammlung, und sie staunten beide über die harmonischen Schriftzüge einer zwar berühmten, aber aus einfachsten Verhältnissen stammenden Autorin. Als uneheliches Kind einer Marketenderin und eines Saaleschiffers wahrscheinlich im provinziellen Weißenfels geboren, verließ sie früh die Schule, um in Leipzig Geld zu verdienen. Arg mehr wussten die beiden „Verschwörer" nicht und noch weniger die Fremdenverkehrsreferentin, der auch die Gemeindebücherei anvertraut war. Die hatte weder den Namen Courths-Mahler noch Johanna Spyri je gehört, obwohl sich dort beim Stöbern sogar ein Heidi-Roman fand.

Beide waren überrascht, wie fast schon spannend die Spyri geschrieben hatte. Man konnte richtig mit der kleinen Heidi mitfühlen, wie sie dem Oehi droben auf der einsamen Alm, einem alten Griesgram und Misanthrop, ausgeliefert war. Umso gespannter waren sie, was der gebildete Kontrahent aus dem Appenzeller Land wohl antworten würde, antworten könnte auf ihre Behauptung, die Courths-Mahler hätte doch noch viel mehr Erfolg und größere Auflagen gehabt als „die Spyri."

Die Replik kam relativ rasch - und gleich mit einer frechen Bemerkung, nämlich: Die Schrift der Johanna Spyri sei einerseits in der damals üblichen Schräglage ähnlich der Courths-Mahler, aber doch wesentlich ausgeprägter und auch einfach schöner gewesen als die etwas spießigen Schriftzüge ihrer deutschen Protagonistin. Doch darum ginge es ja überhaupt nicht, meinte der Luzi weiter, sondern darum, dass die gute Spyri wertvolle und eine Zeitlang auch für die Erziehung wichtige und eben trotzdem keineswegs langweilige Bücher verfasst habe, während es unter den zweihundertacht Romanen der Courths-Mahler nichts Lesenswertes mehr gäbe. Oder hätten sie vielleicht noch Lust, Titel wie „Der Scheingemahl, Magdalas Opfer, die Flucht vor der Ehe, Wenn Wünsche töten könnten oder die Herrin von Ratzbach" zu lesen? Das könne er sich nicht vorstellen und verbleibe mit schriftdeutschen Grüßen als Ihr dankbarer Kontrahent.

Rums! Ausgepunktet! Diesmal hatten sie – inzwischen bezog er den nicht nur sprachlich hilfreichen Freizeitkapitän in ihr TEAM ein - wirklich den Kürzeren gezogen, wie man so schön sagte und wie es die Situation trefflich traf. Und da die Angelegenheit nun schon ins Nationalistische, zumindest Patriotische ging, meinten sie, auch Amtspersonen oder sogar Politiker involvieren zu müssen und sprachen zunächst mit dem Bürgermeister über die dringend erforderliche Revanche. Der fand ihren deutsch-schweizerischen Gedankenaustausch amüsant und hatte auch eine Idee, wie sie aus dem Clinch herauskommen könnten. Er dozierte: „Mit Religion und Literatur kommt ihr voraussichtlich wieder in eine Sackgasse, nehmt doch ein Thema, wo der Appenzeller einfach „passen" muss!"„Gut, gut, aber welches denn?", wandte das Fossil vorsichtig ein.

„Na, zum Beispiel den ZEPPELIN!"

„Oh, das ist gut, ja spitze," stimmten beide zu. „Weder den Graf noch das Luftschiff hatten die da drüben auch nur Traum gehabt, das nehmen wir!" Voller Unternehmensgeist verließen sie das Rathaus, nicht ohne dem Herrn Bürgermeister herzlich für seine Unterstützung zu danken. Jetzt aber mussten sie gründlich überlegen, wie die Zeppelinade am besten einzufädeln war und zogen sich – wie der Alois, der ehemalige Werbetexter und jetzige Freizeitkapitän das nannte - zu einem "brainstorming" ins Baumhaus zurück. Dazu brauchten sie Moscht, den es hier am Bodensee reichlich gab, und dazu eine kräftige Brotzeit, die sie vom letzten Metzger im Dorf mitnahmen; denn auch der wollte seinen Laden schließen, weil ihm der neue Supermarkt am Stadtrand „die Butter vom Brot" nahm, wie er sich ausdrückte. Den beiden schmeckte es trotzdem, aber irgendwie waren die Musen heute impotent, vielleicht war das Wetter zu schön, es lag ein leichter durch die Hitze hervor gerufener Dunst über dem See, so dass man das Kontrahentenufer nicht sehen konnte, was den Ansporn weiter minderte.

Nach einer unruhigen Nacht, in der das Fossil wieder von dieser betörenden Elfe – angeblich seiner Haushälterin – auf dem Baumstamm träumte, trafen sie sich wieder und wollten nun unisono „Nägel mit Köpfen" machen. „Wenn wir den Zeppelin als einzigartige deutsche Größe „rüberbringen" wollen, müssen wir den Mann dramatisieren und nicht das Schiff", sagte Alois und hatte auch gleich das Portrait des berühmten Grafen parat: Und was für eines! Man sah im richtig an, wie wichtig er sich selbst vorkam, Ferdinand Adolf Heinrich August von Zeppelin, General der Kavallerie, am 8. Juli 1838 in Konstanz geboren und am 8. März 1917 in Berlin gestorben. Kaiser Wilhelm II. nannte ihn den Dümmsten aller Süddeutschen, aber das war nur der Ärger, dass kein Preuße das Luftschiff erfunden hatte, sondern dieser alemannische Schwabe, allerdings mit einer französischen Mutter. Schön und gut, die Fakten stimmen, aber wie sollen wir das dem Luzi das so schreiben, dass es ihm die Sprache verschlägt?

Das Bild allein würde es wohl nicht bewerkstelligen… Da kamen sie auf die Idee, den „Affront" nicht per Post, sondern zeppelinig dem Luzi per Luftschiff respektive Brieftaube zu übermitteln. Natürlich kannte der Alois auch einen aus Romanshorn, der sich mit dieser exotischen Beförderungsart auskannte und die Botschaft durch eidgenössische Lüfte zu transportieren versprach. Danach passierte lange nichts.

Aber was dann kam, war umso schlimmer: eine Replik, die sich gewaschen hatte und den beiden Baumhausphilosophen Tränen in die Augen trieb. Der Luzi schrieb ganz formell, was schon misstrauisch machte: „Sehr geehrter Herr Fossil - was gibt es denn heute noch? Zeppeline oder Maggi Würze? Euer Graf mag ja ein einfallsreicher, wenn auch ziemlich rücksichtsloser Unternehmer gewesen sein, aber geblieben sind nur ein paar Straßen und Plätze und ein Stuttgarter Hotel seines Namens, vor allem aber die Erinnerung an das schlimme Ende der „Hindenburg" in New Jersey 1937.

Nun schauen Sie sich mal unseren vorbildlichen Schweizer Gegenpol an: Julius Maggi, das Genie, der Erfinder des Brühwürfels! Sein Loblied wird Tag für Tag in Millionen Kochtöpfen, Tellern und Suppentassen gesungen!

Er hat für den Geschmack mehr getan als mancher berühmte Sternekoch, und: Als Sohn armer italienischer Einwanderer in die Schweiz gekommen, hat er ein Imperium aufgebaut, das – auch in Deutschland – viele tausend Menschen erfreut und ernährt und Lohn und Brot verschafft hat... und Euerm Skandaldichter einen ersten ganz gut bezahlten JOB. Der hieß Frank Wedekind und dichtete für die Maggi Würfel Seitenlanges, darunter auch diesen köstlichen Vers: "Vater, mein Vater! Ich werde nicht Soldat, dieweil man bei der Infanterie nicht Maggi-Suppen hat. - Söhnchen, mein Söhnchen! Kommst Du erst zu den Truppen, so isst man dort schon längst nur Fleischconservensuppen." – „Also, Ihr Lieben drüben: Ehret sein Andenken!"

Das Fossil fand als erster die Sprache wieder und meinte: „Recht hat er, unser Luzi. Aber jetzt sollten wir mit diesen Kindereien aufhören, was denkst Du? Auch Alois, der den Schriftwechsel mit Vergnügen verfolgt und ja auch mit gesteuert hatte, war dieser Meinung, wobei sie jedoch die Verbindung zum Schweizer Briefpartner nicht abbrechen wollten; ja, sie wollten ihn ins Künftige mit einbeziehen und frugen ihn nach seiner Vorstellung eines weiteren Meinungsaustausches. Doch inzwischen hatte, im deutsch-schweizerischen Gerangel übersehen, Post aus preußischen Landen ins Baumhaus gefunden, vom bairischen Brieffreund aus Potsdam, der da schrieb, er sei jetzt bereit, seine berühmte, vom Fossil immer wieder reklamierte Ochsenschwanzsuppe vor Ort zu zelebrieren, so man ihm die Adresse mitteile.

Nichts lieber als das, dachte das Fossil, der sich an ihr einziges persönliches Treffen damals in Sans-souci erinnerte, wohin und zur selbst gekochten Ochsenschwanzsuppe ihn der Brieffreund einst eingeladen hatte. Das war vielleicht dreißig Jahre oder noch länger her? So lange hatte er auf dieses kulinarische Highlight – wie die Jungen in ihrer albernen Sprache das nennen würden - warten müssen, ersetzbar keinesfalls duch einschwäbische badisches „Schneckensüppla" oder gar eine Flädlesuppe!´.

Er freute sich kindisch auf den Besuch und vergaß fast ganz den Luzi wie den Alois. Mochten die alleine weiter streiten, ohne ihn!

Die Ochsenschwanzsuppenvorfreude verhinderte aber nicht eine dieser Nächte, da in der gefährlichen Stunde so zwischen vier und fünf Uhr wieder diese Gedanken den Schlaf unterbrachen. Das Fossil kannte sie schon zur Genüge, es war das Wissen um das Ende, um die Auslöschung der Person, die ihm nicht nur Angst machte, sondern auch seinen heiligen Zorn hervorrief. Wie konnte es ein Gott, wenn es einen gab, zulassen, dass der Mensch einfach im Nirwana verschwand, innerhalb weniger Generationen total vergessen war und so letztlich ohne jeden Sinn sein meist mühsames Leben gelebt hatte. Der Tod, dachte er oft, ist eine wirkliche Gemeinheit oder – wie der Bürgermeister es nennen würde - absolut unakzeptabel! Dabei wurde er von den meisten verharmlost mit dummen Sprüchen wie „Wir müssen alle mal sterben" oder „Der Tod gehört zum Leben" und so weiter. Man konnte mit niemandem so richtig ernsthaft über die quälenden Gedanken reden, die einem mitten in der Nacht über den eigenen Tod aufsuchten. Dabei war er sicher, dass man sich unbedingt auf ihn vorbereiten müsse, so wie es in Psalm 90 heißt:

´Lehre uns bedenken, dass wir sterben müssen, auf dass wir klug werden."

Genau das: Nichts Wichtigeres gibt es im Leben als sterben zu lernen — aber wer tut es? Das Fossil wollte unbedingt einmal friedlich und still sterben, aber auch er wusste nicht, wie man zu Lebzeiten das studieren könnte. Und über solchen Überlegungen kam kein Schlaf zurück! Also verließ er sein Baumhaus und ging hinunter in den noch dämmrigen Sommermorgen, hörte die Frösche quaken, sah die Fische aus dem Wasser springen, eine Spatzenkolonie ihn umschwirren, die Möwen ihr Frühstück holen und vergaß langsam diese lästigen Vorstellungen über sein unausweichliches Ende. Noch lebte er und wie!

DIE OCHSENSCHWANZSUPPENVORFREUDE

Am nächsten Abend bei einem kleinen Spaziergang am See sah das Fossil einen alten Mercedes mit der hier noch nie gesehenen Nummer P auf dem Parkplatz beim Seehotel - das musste er sein: Der Hanns, sein Wundersuppenkochbrieffreund! Bald kam eine ziemlich massige Gestalt heraus und fragte das Fossil, wie man zu einem Baumhaus komme, in dem sein Freund wohne, von dem er aber keine Adresse habe. Das Fossil, innerlich grinsend, erklärte dem Herrn mit dem P am Mercedes, dass man dorthin nur zu Fuß durch Schilf und Moos käme, er ihm aber auf Wunsch den Pfad zeigen und ihn begleiten könne. Hanns folgte ihm zögernd; wer war dieser Mann, nicht dick, leger gekleidet in einer individuellen Mixtur aus Jäger, Förster und Fischer... und dann blieb der plötzlich stehen, grinste über alle Backen und sagte:

YOUR ARE WELCOME!

„Mensch!", rief Hanns, „das bist ja Du, alter Junge, altes Haus, schaust saugut aus, bin i froh, endlich mal hier zu sein!" Sie fielen sich in die Arme und kletterten nacheinander die ziemlich steile und wackelige Leiter zum Pfahlbau hinauf. „Grüß di," sagte das Fossil, und der Hanns schaute sich um. Das Innere des tatsächlich komplett in Massivholz errichteten Domizils bestand im Grunde aus einem einzigen großen Raum mit lauter funktionalen Ecken: Essecke, Schlafecke, Schreibecke, Kochecke und Gedankenaustauschecke mit echten, alten Thonet-Stühlen rund um einen massiven Eichentisch. Hanns, der sich außer den Möbeln besonders für die Kochecke interessierte, rief aus ebendieser: „Und in dieser armseligen Küche mit diesen mittelalterlichen Kochplatten soll ich meine Ochsenschwanzsuppe machen? Das ist völlig unmöglich, mein Lieber. Da müsste noch einiges vorher passieren!"

„Okay, warum nicht?", meinte das Fossil, der die Hoffnung hatte, mit Hilfe des Brieffreundes etwas Ordnung in sein Towuwabohu bringen zu können. „Aber jetzt machen wir erst mal Brotzeit!" Hanns staunte, was das Fossil aus einem wackligen, ständig etwas brummenden Kühlschrank aufzutischen wusste: Französische gesalzene Butter, Spanische Chorizo, echten Schweizer, nicht etwa Allgäuer Emmentaler, geräucherte Bodenseefelchen, ein wunderbar krosses Landbrot, Gewürzgurken und sogar Augustiner Bier aus München.

„Oder willst Du lieber einen badischen Gutedel zum Essen?" Hanns verneinte; sie schmausten was es gab und hätten sich noch ungeheuer viel zu erzählen gehabt, doch der Hanns war müde nach der langen Auto-Fahrt und das Fossil brachte ihn mit der Taschenlampe durch Sumpf und Schilf sicher zurück zu seinem See-Hotel, ging dann ganz selig heim und träumte doch tatsächlich wieder von dieser Elfe, diesmal lag sie geradezu animierend vor seinem rückwärtigen Fenster in einem fast durchsichtigen, engelhaften Gewand!

Und dann träumte er: Frauen interessieren mich doch eigentlich nicht mehr - aber Pustekuchen. Die Elfe, eine bezaubernde Gestalt hatte es ihm angetan; er bekam Sehnsucht nach einem attraktiven Weib im Baumhaus, die seine letzten Tage zu verschönern wissen könnte und wollte! Nicht auszudenken, dachte das Fossil!

Am nächsten Morgen stand der Hanns für Fossils Verhältnisse viel zu früh auf der Baumhausleiter; den Weg durch Schilf und Schlick hatte er allein gefunden, im Hotel auch schon gefrühstückt, so dass sein Aktivismus voll aufs verwunderte Fossil durchschlug. Aber er wollte nun diesen neuen, ochsenschwanzsuppenkochgeeigneten Herd kaufen, und sie fuhren los. Erst ins Württembergische, aber da schauten die Verkäufer den Hanns geradezu entsetzt an, als er zu handeln begann. Das Fossil hatte ihn gewarnt, die seien hier immer gleich beleidigt, wenn man den Preis zu drücken versuchte, drüben im Bairischen sei es nicht so heikel. Doch auch in Lindau fanden sie nicht das Optimale, und der Hanns meinte: Eine Ochsenschwanzsuppe zu produzieren für ganze zwei Esser sei sowieso Blödsinn. Irgendwie müsse man das anders anstellen Das Fossil hatte eine Idee: „Du, wir müssen mit dem Bürgermeister reden. Der ist so mediengeil, vielleicht macht der aus Deiner Ochsenschwanzsuppe gleich ein riesiges event!"

Gesagt, getan.

„Was gibt´s", fragte der Bürgermeister, als das Fossil spontan in seiner Amtsstube auftauchte. „Wir haben hohen Besuch im Ort, verehrter Chef", verkündete das Fossil, „Regierungsdirektor aus Potsdam, den wollte ich Dir gern vorstellen."

„Bitte sehr", sagte der Bürgermeister.

Hanns trat näher mit einem sonoren „Grüß Gott, Herr Bürgermeister!"

„Ja, Servus", sagte der Bürgermeister, „sagt man bei

Euch droben im Norden auch schon Grüß Gott?"

„I schoo - i bin ja Bayer", empörte sich Hanns „und das bin i auch bei die Preuß´n, sogar Niederbayer!"

„Ein Landsmann also", freute sich der Bürgermeister. „Was können wir in unserem kleinen Nonnenhorn für einen so ehrenvollen Besuch tun?"

Da schaltete sich das Fossil ein, erzählte, der Herr Regierungsdirektor – übrigens sein Brieffreund – sei extra ins ferne Nonnenhorn gekommen, um ihm sein Lieblingsgericht, eine unsagbar gute Ochsenschwanzsuppe nach streng geheimen Rezept zu kochen, wobei er aber einerseits nicht die richtige Küchenausstattung habe, anderseits eine so tolle Spezialität viel zu schade sei für zwei Personen, sie sei vielmehr geeignet, ein richtiges Volksfest daraus zu machen.

Über das Gesicht des Bürgermeisters huschte ein Lächeln. Er überlegte nicht lange. „Ein Volksfest? Nicht schlecht, nicht schlecht", murmelte er. Unter den unzähligen Veranstaltungen rund um den Bodensee mit seinen Schützen-, Fischer-, Segler-, Sänger- und weiß Gott-Vereinen gab es bislang kein einziges Ochsenschwanzfest! Damit wäre Nonnenhorn doch endlich einmal in den Schlagzeilen! Er bestellte seinen Verwaltungsdirektor und wies ihn an, den beiden anwesenden Herren voll und ganz und ohne Einschränkung alle Wünsche zu erfüllen bei der Organisation eines geradezu historischen Ereignisses: eines ersten und einmaligen Ochsenschwanzfestes...

Es wurde ein Riesenspektakel! Der Hanns war zwar Regierungsdirektor, aber alles andere als ein verknöcherter Beamter, sondern das, was humorlose Kollegen einen „echten Spinner" nennen: ein Mensch mit Intuition und Phantasie. Und damit ging er ran an die Werbung für das geplante Fest und zwar gleich international!

Schon weil ihm selbst die Namen gefielen, wurde in Spanien für die Fiesta de rabo de toro, in Frankreich für die Fete de queue de boeuf, in Italien für die Festa di coda die büe, aber auch in Schweden für die Högtid för oxvans und bei den Holländern für das Feest van ossenstaart geworben. Selbst in der Washington Post erschien eine kleine Notiz über die neue Oxtail-Town in Old Germany und der Bürgermeister war begeistert. Er sah sich schon hoch oben auf einem Ochsenkarren, gefilmt und fotografiert von Presse, Film und Fernsehen im ganzen Land, selbst die Bregenzer Zeitung drüben in Österreich und das St. Galler Tagblatt würden zum Ärger seiner Amtskollegen sicherlich dicke Reportagen bringen; denn für ein Preisausschreiben war als Hauptgewinn „im Ochsengespann durch Thailand" ausgeschrieben, und die Kühe auf den umliegenden Weiden und auf den Allgäuer Almen liefen mit Schwanzposters „Auf zum Ochsenschwanzfest nach Nonnenhorn" herum — kurzum ein regelrechtes Ochsenschwanzfieber war in der sonst so friedlichen Region ausgebrochen. Ein Gag aber war das Festzelt selbst, das sich ochsenschwanzförmig die Festwiese am See entlang zog und mit zwei flankierenden und pfingstochsenartig bunt geschmückten, echten Ochsen zu Bier und Wein einlud und natürlich zu der einzigartigen, weltberühmten und nur in Nonnenhorn authentisch präsentierten Ochsenschwanzsuppe.

Der arme Hanns musste noch zweimal zurück kommen und für ein Dutzend Köche aus der lokalen Gastronomie ein Ochsenschwanzseminar veranstalten; denn natürlich konnte er allein unmöglich für einige tausend Besucher kochen! Alles in allem war es ein hundertprozentiger Erfolg für Nonnenhorn und seinen Bürgermeister, der die beiden Initiatoren für einen hohen Preis, vielleicht die ganz selten verliehene Bodensee-Nymphe in Gold + Silber vorschlug. Da kam der einzige kleine Schatten in die Chose; denn der Landrat, der den Preis hätte verleihen müssen, lehnte brüsk ab. Der Bürgermeister kannte seine Amtskollegen, er wusste, warum. Es war der Neid!

Das Fossil, jetzt berühmt geworden, zog sich in sein Baumhaus zurück, es war nicht sein Ding, in der Öffentlichkeit irgendeine Rolle zu spielen. Doch blieb die Ochsenschwanzorgie auch für ihn nicht ohne Folgen. Plötzlich bekam er ganz interessante Angebote von Sammlern, die mit ihm in Briefkontakt treten wollten. Einer schickte sein bestes Stück gleich mit, ein Dokument vom ollen Zille aus Berlin. Hier stimmten Image und Realität bestens überein. Das Fossil nahm das Dokument in seine kleine Handschriftensammlung auf.

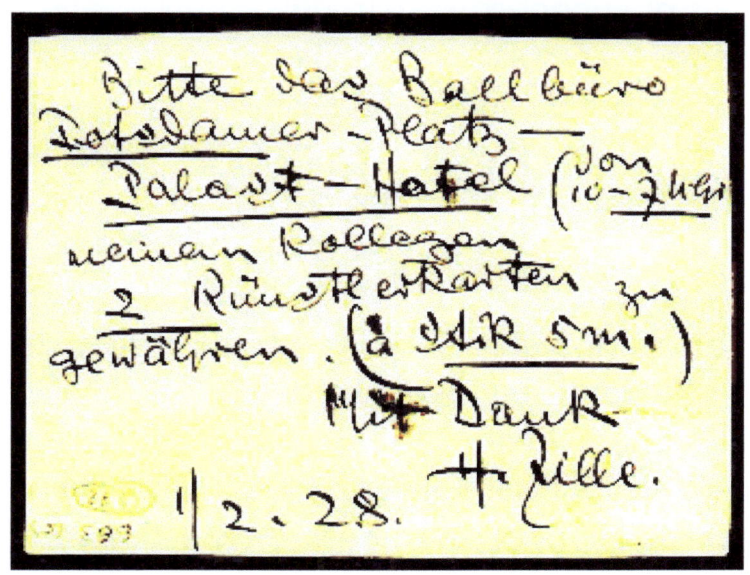

Dann erzählte ihm Alois, der während der Ochsenschwanzlerei etwas ins Hintertreffen gerückt war, er habe das Match, wie er es nannte, mit dem Luzi aus der Schweiz mit eigenen Mitteln fortgesetzt, zwangsläufig etwas primitiver als mit dem Fossil zusammen. Aber Spaß hätte es schon gemacht, den Wettstreit aus dem regionalen Umfeld heraus mehr ins Internationale zu heben. Das war die Idee von Luzi gewesen, der Italien übernehmen, da doch Alois als Deutscher sicher gern mit Frankreich "ein Huhn rupfen" möchte... „Und wen habt ihr genommen?", wollte das Fossil wissen. „Na, erstmal Napoleon und Mussolini, aber da kam nicht viel mehr als die üblichen Plattitüden heraus. Dann hat der Luzi gemeint, wir sollten uns den jeweils übelsten Burschen aus diesen Ländern aussuchen, und das wir haben dann auch getan!"- „Und, wen?" - „Natürlich den Sarkozy, den Hallodri!" - „Und der Luzi?"- „Na, welches Kaliber blieb ihm übrig? Der Berlusconi!" - „Ohweh," sagte das Fossil, „der Spitzbub, der italienische. Da habt ihr euch ja was Hübsches ausgedacht. Aber jetzt ist Schluss mit der Kinderei, unser Hobby ist doch nicht das Veralbern, lasst uns wieder seriös werden, gerade jetzt, wo sich dank der Ochsenschwanzpublicity ständig neue Briefschreiber für unseren elitären Kreis bewerben!"

Die nächsten Tage und Wochen sah man das Fossil oft in Gedanken verloren. Manchmal saß er stundenlang am Yachthafen und schaute ganz unbeteiligt dem geschäftigen Getue der Freizeitkapitäne zu, dann lief er durch Schlamm und Schilf am See entlang, ohne so recht wie sonst auf Pflanzen und Tiere zu achten. Irgendetwas schien sich anzubahnen. Und tatsächlich gab er dem Alois, der wissen wollte, wie es mit der Briefeschreiberei weitergehen soll, zu verstehen, er habe im Moment keine Lust mehr, nicht einmal, die vielen neuen Zuschriften zu beantworten, und überhaupt wolle er mal weg von hier!

„Du, weg? Das glaubst Du doch selber nicht! Du wirst dich nur hier und nirgendwo anderes wohlfühlen!"

„Genau das, lieber Alois, möchte ich einmal in meinem Leben ausprobieren!"

„Und welche Kreuzfahrt oder Gruppenreise hast Du Dir ausgedacht?"

„Natürlich nix von alledem. Ich überlege nur, ob ich der Einladung eines in Vergessenheit geratenen Brieffreundes, der sich plötzlich wieder gemeldet und mich eingeladen hat, folgen sollte?"

„Und wo wohnt dieses Phänomen?", wollte auf maliziöse Art der Alois wissen?

„In Katalonien!" - „Wo ist das denn?"

„Zur Zeit noch in Spanien, aber da, wo er seine Casa hat, wollen sie anscheinend keine Spanier sein und sprechen auch ganz anders, eben Catalan!"

„Fossiilio", sprach der Alois jetzt ganz ernst, das ist doch nichts für Dich!"

„Mal seh´n " meinte abwartend das Fossil.

Inzwischen erkundigte er sich im Gemeindebüro bei der Fremdenverkehrsreferentin nach Möglichkeiten und Wegen zum fernen Brieffreund. Die saß an ihrem MAC, von dem der Bürgermeister meinte, ein preiswerter PC hätte es auch getan, und informierte das Fossil, dass er über das nahe Memmingen nach Gerona fliegen, aber auch mit dem Zug über Paris oder Zürich in dieses anscheinend dem Freund benachbarte, aber noch nie gehörte GIRONA fahren könne.

Das Fossil kam ins Grübeln. Sollte er den Schritt wagen, die erste und sicher aufregendste Auslandsreise in seinem bislang beschaulichen Leben unternehmen, umgeben womöglich von Taschendieben und anderem Gelichter, und wo würde er landen, was war das für ein Mensch, dieser Brieffreund aus weit zurück liegenden Tagen? Er war wohl einst Texter gewesen in einer Agentur, also letzten Endes ein "Werbeheini", fing aber dann zu schreiben an, also ernsthaft, und verzog sich nach der Pensionierung seiner Frau, einer Beamtin im gehobenen bayerischen Schuldienst, aufs Altenteil an die Costa Brava. Wie würde er wohnen, was für ein Haus, sicher keine Finca, denn richtig reich waren sie wohl nicht. Vor allem: Würde er ein so ein breites gemütliches Bett haben wie er in seinem Baumhaus? Fragen über Fragen. Aber was hatte einst ein amerikanischer Präsident zu einer Entscheidung gesagt: „Wenn nicht wir, wer dann?"

Wenn nicht jetzt, wann sonst?

Das Fossil mochte diesen Schauspielerpräsident nicht wie auch die gesamte Politikergilde, aber diese Sätze hatten ihm schon immer gut gefallen, und eines Nachts, schlaflos auf der Bettkante sitzend, beschloss er: ICH fahre und zwar JETZT! Aber natürlich nicht in einem Blechbomber, sondern hübsch mit der Bahn. Wie lange würde das wohl dauern? Die eppelsheimgequälte Referentin gab sich weltmännisch und versprach, aus dem

Internet sowohl die preisgünstigste wie schnellste Verbindung nach diesem GERONA auszudrucken.

Wenige Tage später stieg das Fossil in Lindau in den Schnellzug nach Zürich, der noch mit den alten Waggons bestückt war, wo man sich mitunter noch gegenüber saß und nicht so isoliert hintereinander wie im Flugzeug und leider auch inzwischen in fast allen Zügen. Für das Fossil sollte diese Sitzordnung beinahe zur sensitiven Verwirrung führen, denn kurz nachdem er das einzige Buch, das er auf die Reise mitgenommen hatte, aufschlug, um sich darin zu vertiefen, fiel sein Blick auf zwei sehr weiße und ziemlich üppige Schenkel, die anscheinend erst ziemlich kurz vor ihrer Vereinigung von einem schmalen karierten Rocksaum bedeckt wurden, der sich allerdings durch das Hin-und-Herrutschen des ihm gegenüber platzierten weiblichen Wesens verdächtig in nicht mehr schamfreie Höhen zu verschieben drohte.

Meine Zeit, auch das gab es ja noch, dachte das Fossil, Fleisch und Nacktheit und Sünde und Sex und Frauen ... alles das, was längst weit weg, nun urplötzlich zum Greifen nahe war! Noch spürte er nichts in der Hose, doch einen leichten Stich im alternden Herzen. Da war sie also wieder, und ausgerechnet in diesem Schweizer Schnellzug, die andere, gut verdrängte, aber wohl nicht wirklich vergessene Seite, die Antithese zu seinem meditativen Leben ohne aufregende und auch beunruhigende Gefühle!

Das Fossil sah im Anblick der unübersehbaren, fast aufdringlichen Nacktheit erneut Gefahren auf sich zukommen, denen er ohne diese offenbar doch wagemutige Reise nie ausgesetzt gewesen wäre. Hoffentlich würden sie sich nicht noch vermehren. Doch als er noch einmal aufzublicken traute, war die kessberockte junge Dame verschwunden; ausgestiegen in Kloten am Flughafen. Wohin sie wohl fliegen würde? Nach Mexiko als Geliebte eines Drogenbosses, oder doch am Boden bleiben als Ticketknipserin oder Sandwichverkäuferin? Das Fossil kam mit seinen durch ein paar Schenkel angeregten Phantasien nicht zu Ende, bis der Zug in Zürich HB einlief. Hier stand ihm die nächste Herausforderung dieser abenteuerlichen Reise bevor: eine Abfahrttafel mit hundert Zügen, doch wo war seiner?

KATALONIEN BAHNT SICH AN

Immer wieder hatte er sich eingeprägt: 19 Uhr 28, Bahnsteig 19. Jetzt stand er schon einige Zeit, dem Verzweifeln immer näher, vor diesem gigantischen Anzeigewerk und fand und fand seinen spanischen Zug nicht, diesen so genannten TALGO nach Gerona und Barcelona. Vom Gleis 19 fuhren ständig Züge ab, doch würde jemals zwischen diesen mickrigen Vorortzügen nach Oerlikon, Dietikon und Effretikon sein nobler Schlafwagenzug an diesem Bahnsteig einfahren? Das konnte er sich nicht vorstellen. Doch ein "Bahner", der auf Wunsch sogar hochdeutsch sprach, klärte ihn auf: Das Fossil hätte anscheinend an der falschen Stelle geguckt, rechts standen die Regional- und links die Fern-Züge, und das jeweils erst kurz vor der Abfahrt. Er solle mal um Sieben nach dem Rechten schau´n!

Noch immer etwas unsicher, ob dieser Talgo, den die Nonnenhornerin heraus gesucht hatten, nun tatsächlich fahren würde, hatte das Fossil einige Zeit gewonnen, setzte sich in die erste Reihe einer Cafeteria mitten in der Bahnhofshalle und kam aus dem Staunen nicht heraus. Was da in diesem Gebäude alles an ihm quirlig vorbei glitt: Ältere vornehm gekleidete Herren mit Gesichtern wie in der Toscana, verlumpte Gestalten, denen man nicht über den Weg laufen wollte, Sportler mit merkwürdigen Geräten oder Rennrädern, dann die Damen: hochhackige Hochnäsige mit überzüchteten Rassehunden oder rattenartigen Minihündchen, "sexy Bienen" - wie Alois sie genannt hätte! - und stämmige Bäuerinnen, vieleicht aus dem Wallis, und eine ganze Blaskappelle aus Luzern, wie ihre Fahnen und Wimpeln verlauteten. Das Fossil kaute an einem absolut unschweizerischen, überteuerten Hotdog, gönnte sich als Unterwegslektüre eine Neue Zürcher Zeitung und ging, noch immer viel zu früh, zum Bahnsteig. Doch, verrückt, da stand doch wieder nur ein Vorortzug nach Aarau oder wieder diesem Oerlikon und endlich, nachdem diese sein Gleis blockierende Züge endlich abgefahren war, kam Bewegung in die Anzeige- Tafel und es stand dann doch tatsächlich:

19.28 Schlafwagenzug "Talgo"- Bern-Lausanne-Geneve-BARCELONA.

Das Fossil wartete mit jetzt mit etwas erhöhtem Blutdruck auf dem Perron, denn noch immer tat sich nichts, bis eine Lokomotive eine Reihe niederer, irgendwie geduckter Waggons langsam hereinschob. An den Türen standen erstaunlich hübsche Damen und ebenso erstaunlich freundliche Herren, proper gekleidet, schauten sich des Fossils Ticket an, verlangten seinen Ausweis und begleiteten ihn zu seinem Abteil. Das nächste Wunder: Diese Schlafkabine, zum Glück ein "Einzel", war im Gegensatz zu seiner Heidelberger DB-Erfahrung absolut sauber und mit etlichen Pflegeutensilien im Schrank für die Morgentoilette über dem großen Waschbecken eingerichtet. Direkt neben dem (übrigens einzigen!) Schild NO FUMAT war der Aschenbecher angebracht, was das Fossil amüsierte. Inzwischen war der Zug sanft angefahren und quälte sich durch das Gleisgewirr. Das Fossil hatte im Gang bereits die Pfeile für den Weg zum Speisewagen entdeckt und bekam Hunger. Über etliche noch in den Gängen stehende Koffer hüpfend, erreichte er diese segensreiche Einrichtung, die leider immer mehr abgebaut oder so nüchtern präsentiert wird, dass man die Lust verliert, sich dort aufzuhalten.

Ganz anders hier - da starrten ihn keine Resopaltische und bunte Plastikstühle an, alle Tische waren weiß eingedeckt mit mehreren Gläsern an jedem Platz, und der Ober wies dem Fossil sofort einen Platz am Fenster

an einem Zweiertisch an. Er studierte die Speisekarte, verstand nicht viel, freundete sich aber rein sprachlich mit einem "Sollemillo" an, wobei der Ober, wenn er ihn recht verstand, wissen wollte, wie er es gebraten haben möchte: „Blutig, durch oder a punto? "A punto", meinte das Fossil so lässig, als ob er ein weltgewandter, weitgereister Gourmet wäre, brauchte aber seinen Leichtsinn nicht bereuen, denn es kam ein wunderbar kräftiges Filet, außen kross gegrillt, innen butterweich, auf den Tisch.

So, dachte das Fossil, habe ich am Bodensee noch nie ein Stück Fleisch bekommen ... und dazu eine halbe Flasche Rosado, ebenfalls eine neue Erfahrung.

Die Fahrt ließ sich gut an. Inzwischen war es Mitternacht geworden, der Speisewagen und speziell die anschließende Bartheke noch immer bevölkert, als er mit einem Herrn ins Gespräch kam, dessen Bemühungen, eine wirklich rassige Spanierin für sich zu interessieren, er am Tisch schräg gegenüber amüsiert verfolgt hatte. Der Herr, er hatte was Älpisch-Uriges, sprach ihn in einem gutturalen Deutsch an, man machte sich gegenseitig bekannt und das Fossil erfuhr, dass der etwas hemdärmelig Eidgenosse, Physiotherapeut aus Luzern, in Spanien einen Weinberg sein eigen nannte, wohin es ihn jetzt wieder zog. Nachdem das Fossil still und brav seinen Ausführungen über Anbau und Pflege der Reben mit dreimaligen Schnitt im Laufe des Jahres zugehört hatte, verließ der Herr kurz den jetzt fast leeren Raum und kam mit einer kleinen Flasche Rowein zurück. „Den schenke ich Dir, so was Gutes hast Du noch nie getrunken, eigene Ernte!", sprach der Hobbywinzer und wünschte eine Gute Nacht!

Inzwischen hatte der Talgo das Schweizer Schienengewirr und Geneve, den letzten Bahnhof überwunden und an Fahrt aufgenommen. Jetzt ging es nach einem Lokomotivwechsel in Lyon ohne Halt in rasender Fahrt durch Südfrankreich bis zur spanischen Grenze. Das

Fossil, gesättigt und bettreif, hatte noch versucht, etwas von der Umgebung zu erhaschen, aber durch das übrigens durch einen schwarzen Rolladen hermetisch geschlossene Zugfenster sah er nur Lichter vorbei huschen, schlief schneller als vermutet in der blütenweißen Bettwäsche ein und wachte erst auf, als das in den Schlaf wiegende Geräusch, das Klack-klack-klack-klack der Räder plötzlich aufgehört hatte. Das Fossil schob den Vorhang beiseite und las in der beginnenden Morgendämmerung CERBERE. Er hatte am Abend die vor dem Speisewagen angeschlagene Karte studiert und wusste: Das ist die letzte Station in Frankreich, jetzt geht es nach Spanien hinüber! Aber der Zug stotterte nur in einen Tunnel hinein, wo Waggon für Waggon auf die breitere Spur umgestellt werden musste. Als das Fossil, das angespannt am Fenster stand, schon fürchtete, nie mehr aus diesem Tunnel herauszukommen, öffnete sich plötzlich die Perspektive und über den Dächern von Port Bou, der spanischen Grenzstadt, erschien im ersten frühen Sonnenstrahl - das Meer!

Das Fossil, jetzt außer sich, hätte am liebsten "Thalatta, Thalatta" geschrien! Da lag es also, das Meer, die unendliche Bläue, noch etwas im Dunst, doch schon mit einigen Reflexen auf der heute kaum gekräuselten

Oberfläche. Und Thalatta, das fiel ihm in dieser hehren Minute ein, war das nicht der Gruß der antiken Griechen gewesen, so wie er es seinerzeit im humanistischen Gymnasiums gelernt hatte? Konnte man mit diesem großen Erlebnis in der Seele frühstücken? Noch war die Erregung zu groß, doch als der Talgo nach vielen Tunnels das Meer verließ und ins Land fuhr, meldete sich der Hunger und das Fossil verspeiste mit Vergnügen sein "desayuno" in dem schon wieder recht belebten Speisewagen.

Draußen zogen jetzt anfangs Olivenhaine, später Obstplantagen und merkwürdig zerwürfelte, graubraune Nester vorüber, fast alle mit mittelalterlichen Kirchen, deren Türme meist abgehackt waren. Spanien hatte er sich anders vorgestellt, mit schwarzen Stieren auf der Weide und glutäugigen Zigeunerinnen, die ihm beim Knipsen der Fahrkarte frech anschauen würden...

Nichts dergleichen bis Gerona, wo der Brieffreund wie verabredet mit einer "Lavanguardia" an der Rolltreppe stand."Bon dia", sagte er zum Fossil und "que tal, amigo?" Erich, der oft beschriebene, erstmals nun auch persönlich erkannte Bekannte, war ihm gleich sympathisch. Er hatte etwas ungezwungen Selbstverständliches in seiner Art. „Wie war die Fahrt?" fragte er das Fossil, und der war noch immer hingerissen vom Anblick des Meeres. „Meine Hütte ist nicht weit vom Meer entfernt", beruhigte ihn Erich. "Du wirst sie gleich kennenlernen!"

Aus der quirligen Stadt heraus und an Pubol vorbei, wo sich in einem Schloss, eher noch einer Burg Señora Gala, die Frau Dalis, seinerzeit niedergelassen hatte und wo selbst der berühmte Gatte sie nur auf Anfrage besuchen durfte, kamen sie nach Monells, wo Erich in einem Emsemble wohnte, das sich seit dem Mittelalter kaum verändert hatte - bis auf die katalanischen Fahnen, die hier - wie in allen Orten rund um die Costa Brava - zur Erinnerung daran wehten, dass die Katalanen partout keine Spanier sein wollten. „Die haben einen Tick hier", erklärte Erich, als sie im Obergeschoss des Hauses aus dem 14. Jahrhundert hinter dicken Mauern und in angenehmer Kühle an einem massiven Holztisch saßen, der genau so gut in den Pfahlbau gepasst hätte. Das Fossil begann sich wohl zu fühlen im Refugio des Brieffreundes direkt an diesem ungewöhnlichen großen Marktplatz, der von drei Restaurants oder eher "Bars" flankiert wurde. "Geh mal runter," meinte Erich, sag´ „buenos dias" und verlange eine cerveza.

Du kriegst sie, aber mit einem Blick aus Mitleid und Widerwillen. Sagst Du aber BON DIA und verlangst "una canya", dann bist Du der King und wirst mit Respekt behandelt!"

„Erinnert a bisserl an Bayern. Die reagieren ja auch erst, wenn sie vertraute Klänge hören und tun g´rad so, als ob das steif-förmliche eckige Norddeutsche ihren Ohren weh täte", ergänzte das Fossil. Und was er bislang gesehen habe, ähneln sie hier den Bayern auch in der Konstitution: nicht groß, etwas untersetzt, ohne Hals beziehungsweise mit dem Kopf direkt auf der Schulter, irgendwie gedrungen - „was meinst Du?"

„Scharf beobachtet!", bestätigte Erich. „Aber jetzt wollen wir was essen gehen. Bei meinem Wirt, direkt unter mir, gibt es die besten Spiegeleier Spaniens mit bacon wie die hier sagen und Englisch wie Französisch grundsätzlich nach der Schrift aussprechen!"

Die Kneipe befand sich unter den Arkaden im gleichen Haus, war absolut "rural", wie hier das "Naturbelassene" hieß, mit groben Tischen und Stühlen eingerichtet und hatte keine Speisekarte. Was es gab, trug der Wirt, ein guter Bekannter von Erich, in harter Lautmalerei vor. Erich verstand fast alles, das Fossil nicht ein Wort.

Er bat seinem Freund, etwas Lokaltypisches für ihn zu bestellen und wollte eine Flasche Wein spendieren. „Das brauchst Du nicht", klärte ihn Erich auf, „die ist im Menu inklusive oder, wie die hier sagen, incluido. Wasser und Kaffee auch!" - „Das ist ja eine tolle Errungenschaft, Euer MENU DEL DIA", merkte das Fossil anerkennend an. Und dann kam es auf inzwischen weiß gedecktem Tisch mit Stoffservietten: Merluza für Erich und eine Botifarra fürs Fossil, der ganz überrascht war, dass so fern der Heimat eine - wie er meinte - typisch deutsche Bratwurst auf dem Teller lag, geschmacklich fast noch besser als eine rheinische! Als Vorspeise hatten beide einen amenida catalan, also einen katalanischen Salat bestellt, der im Unterschied zu einem gemischten mit Wurstscheiben der verschiedensten Art bestückt war. „Morgen müssen wir dann mal in Kultur machen", ließ der Erich zwischen zwei Bissen hören, „schließlich bist Du ja nicht zum Bauchvollschlagen hergekommen, oder?"

„Ooooch, mir schmeckt´s, vor allem auch der Wein, der ist so klar und frisch und erinnert mich an einen ehrlichen trockenen aus dem Glottertal" ‚meint das Fossil. "Und Kultur? Muss nicht sein, Erich. An was hättest Du gedacht?"

„Ich denke, ich sollte Dir mal unsere Kathedrale Santa Maria in Gerona zeigen, die gehört zu meiner Wahlheimat wie für Dich der Bodensee."

„Ohne Maria geht bei euch Katholiken wohl gar nichts!", bemerkte das Fossil süffisant, wie Erich es empfand, und weiter: „Mit Kirchen hab´ ich es weniger. Darüber wird ellenlang in allen Reiseführern geschrieben und von allen Reiseführern ermüdend erzählt, dabei sind zum Beispiel schöne alte Bahnhöfe oft sehenswerter und auch geschichtlich, wie ich finde, viel interessanter als Kirchen!"

„Hab´ nicht gewusst, dass Du Atheist bist!", sprach mit leichter Empörung in der Stimme der offensichtlich tatsächlich etwas irritierte Erich, „aus Deinen Briefen ging das nicht hervor!"

„Über Religion haben wir uns, lieber Erich, bisher auch nie ausgetauscht. Ich hab Dir vom Fischfang und von den Fröschen im Moos erzählt und Du mir vom Weinbau und der Gastronomie hier in Deinem Katalonien. Das müssten wir noch nachholen, aber mit Atheist liegst Du völlig falsch. Das bin ich nicht, ich glaube nur nicht, dass wir Menschen geistig fähig sind, Gott zu begreifen und deshalb weder die Kraft noch das Recht haben, über ihn zu spekulieren!"

„Da bin ich Deiner Meinung! Nur empfinde ich eben in einer Kirche und fast immer in diesem riesigen Kirchenschiff in der Kathedrale so etwas wie - naiv gesagt - die Nähe Gottes oder des heiligen Geistes oder was Du willst!" „Das verstehe ich", sagte das Fossil. „Also lass´ uns morgen früh hinfahren!" - „Vale", sagte Erich, „acuerdo", und zog sich zu seiner Siesta zurück.

Anderntags standen sie vor der gewaltigen barocken Freitreppe, die hinaufführte zum Portal der sonst ganz und gar gotischen Kathedrale. „Da siehst Du wieder das Machtgehabe Deiner Katholiken", schimpfte das Fossil, „sie weiden sich daran, wenn die Gläubigen hundert Treppen hinaufsteigen müssen, um endlich im Heiligtum anzukommen, devot und verschwitzt!"

Es seien keine hundert Stufen, sondern nur neunzig, berichtigte Erich, als er seinen schwer schnaufenden Freund etwa in der Mitte der ewig langen und ziemlich steilen Freitreppe einholte. Das Fossil murmelte noch etwas, verstummte aber dann, als sie das Portal der Kathedrale erreicht hatten. Jetzt betraten sie - wie Erich anmerkte - das breiteste Kirchenschiff der Welt, einen in seiner Würde und Tiefe faszinierenden Raum. Das Fossil war sprachlos. Diese Atmosphäre, diese dämmrig-heilige Ruhe, diese wunderschönen Glasfenster ... und jetzt fing auch noch ein Priester ganz hinten am Altar zu singen an in der Art der Gregorianer.

Erich, der irgendeinen in einem Seitenraum ausgestellten ebenso heiligen wie berühmten Teppich besichtigte, tippte bei der Rückkehr dem Fossil, der noch immer reglos wie verzaubert auf den harten Kirchenbänken saß, auf die Schulter. Das Fossil hatte Tränen in den Augen. Später, bei einem Menu del dia auf der Placa Catalunya fand er seine Stimme wieder und sagte zu Erich: „Weißt Du was? Du hast mir einen der schönsten Augenblicke meines Lebens verschafft!"- "Du bist heut´wohl a bissel sensibel. Es freut mich, dass Dir der Ausflug ins Religiöse gefallen hat. Aber es gibt hier herum noch ganz andere, kaum weniger imposante Sehenswürdigkeiten, zum Beispiel BESALU, eine besonders gut erhaltene mittelalterliche Stadt mit einer berühmten Brücke über die Fluvia, oder auch Peratallada, da könnten wir morgen mal essen gehen."

Das Fossil kam aus dem Staunen nicht heraus. Da hatte er gedacht, der Erich sei so einer, der sich total "auf und in sich" zurückgezogen hatte, und auf wen traf er? Auf einen neugierigen, interessierten und noch recht aktiven Achtzigjährigen, der so war, wie das Fossil es gern sein würde in den wenigen Jahren, die ihn vom Freund noch trennten. Ob er sich ein Beispiel nehmen und vielleicht doch noch seine Verwandtschaft in Amerika besuchen sollte? Dieser Erich, der ohne jede Hektik aufgeschlossen und ausgesprochen unternehmungslustig war, brachte ihn völlig durcheinander! Wie konnte er so plötzlich umkippen, nur weil Erich ihm ein paar katalanische Sehenswürdigkeiten zeigte, wo er doch für sich heilig und endgültig beschlossen hatte, nicht unbedingt notwendige Reisen zu vermeiden. Der Erich sollte die exklusive Ausnahme bleiben, aber nun, wenige Tage später auf der Brücke von Besalu, dem über die Steine hüpfenden Wasser der Fluvia nachschauend, fing es in seinem alten Hirn wieder zu rumoren an... dieses verdammte Amerika!

Hatte er doch diese eine Schreibfreund-Einladung aus Chicago immer wieder beiseite geschoben in der festen Überzeugung, dass es dafür zu spät sei! Oder doch nicht..?

Dieses verteufelte Besalu, diese magische mittelalterliche Brücke! Die waren schuld an allem. Er nahm sich ein Herz und bezog ganz sachte Erich in seine Überlegungen ein. Der natürlich, der Unternehmer und Draufgänger, hatte keine Bedenken und riet dem Fossil zur Reise, so lange er sie noch durchstehen konnte.

„Aber dann gleich von hier aus, nicht erst zurück zum Bodensee. Bin ich erst mal wieder in meinem Baumhaus, bringt mich keiner mehr raus, nicht einmal ich", sprach das Fossil. „Kannst Du Dich mit Deinem Tausendsassa-MAC mal um Flüge ab Barcelona kümmern und für mich nach Chicago mailen?" - „Selbstverständlich", sagte Erich, "aber Du willst doch nicht sofort weg, oder?" „Wenn ich mir`s lange überlege, wird´s bestimmt nichts, das richtet sich nicht gegen Dich, mir gefällt es hier einmalig gut, nur hast Du mich mit deinem Unternehmungsgeist irgendwie angesteckt!"

Am nächsten Abend schon hatte Erich aus seinem Computer ungefähr alles herausgeholt, was das Fossil wissen sollte, zum Beispiel, dass es keinen Direktflug von Barcelona nach Chicago gab, entweder mit der AIR Lingus über Dublin oder mit der PanAmericana über Philadelphia. Die hatten übrigens den günstigsten Preis, knapp über 500 Euro für den einfachen Hinflug, es gab aber auch Tickets bis zu fünftausend Piepen.

„Dann buch´mir den über Philadelphia." Das Fossil glaubte seinen eigenen Worten kaum. Dort sollte es ja noch Menschen geben, die alles Moderne ablehnen, nicht simsen noch chatten noch mailen noch gar twittern und sogar noch mit Dreispännern statt Chevrolets durch die Gegend kutschieren!

„Die wirst Du aber beim Umsteigen auf dem Flughafen nicht zu sehen bekommen, obwohl, verstehen könntest Du sie vielleicht, die sprechen ein schwäbisch klingendes Nostalgiedeutsch und haben im Gegensatz zu Dir auch noch Lederhosen an", klärte ihn Eich auf.

Mit solchen Frozzeleien ging der Abend in Peratallada, einem etwas überschön renovierten Wehrdorf aus dem 13./14.Jahrhundert zu Ende. Sie saßen gegenüber dem abends effektvoll angeleuchtetem Schloss in der Mitte des Ortes bei einer Flasche des hier sehr populären Rosat, der anderswo Rosado oder Rose´hieß, und der

Erich sprach: „Da willst Du dieses Paraiso bald wieder verlassen?!" - „Drück mir nicht auf die Tränendrüsen", sagte das Fossil. „Mir fällt es schwer genug, aber ich habe es nun einmal beschlossen, und Du hast mir ja auch Mut gemacht und mich per SMS angemeldet, wie könnte ich noch zurück?"

„Si, Señor", bestätigte Erich. „Das kannst Du nicht!"

DIESES „VERDAMMTE" CHICAGO

An einem der nächsten Tage war es soweit: Anflug auf Chicago! Das Fossil, den ganzen Flug gespannt mit verdrehtem Kopf aus dem Fenster schauend, durfte vor der Landung kurz ins Cockpit und verlor mit einem Schlag alle Vorbehalte gegenüber der Fliegerei; denn was er hier kurz zu sehen bekam, war einfach faszinierend! Es schien, als würde die Boeing direkt zwischen den Wolkenkratzern in einem Häusermeer landen! Allerdings musste er vor dem Aufsetzen wieder zurück auf seinem Fensterplatz und sich anschnallen.

Die Landung war "weich wie Butter", aber wer nicht am Exit in O´Hara stand, das war der Ernst, sein alter Brieffreund. In den hinteren Reihen schwenkte statt seiner eine rundliche Schwarzharige die vereinbarte Chicago Tribune durch die Luft. Ob es seine zweite (oder dritte?) Frau war, die Olga aus Petersburg? Er ging auf sie zu und flüsterte etwas verschämt: Olga...? Sie breitete die Arme aus und rief: „Zdravstvuyte, Gospodin Fossil...I´m glad to see you!"

„Ich freu´ mich auch, Sie kennen zu lernen, aber was ist mit Ernst, hatte er keine Lust mit zu kommen?"

„Das hätte er herzlich gern getan", sagte sie jetzt in einem schnoddrig klingenden Wildwest-Slang, „aber der arme Ernst liegt im Hospital."

„O Gott, und warum?"

„Es ist nichts Schlimmes, nur ein Check nach einem Schwindelanfall. Vielleicht kommt er schon morgen wieder raus. Bis dahin müssen Sie mit mir vorlieb nehmen, Mister Fossil!"

„Ach, nennen Sie mich doch einfach Edward!"

„Ich finde Fossil lustiger, und es passt auch zu Ihnen, ganz genau sogar."

Mit solchem Small talk hatten sich sich Olgas Mustang genähert und Sie meinte, ihn als Ersatz für die Abwesenheit seines Freundes etwas durch Chicago chauffieren zu müssen. So steuerte sie die MILWAUKEE AVE an, eine ewig lange Straße, die aber an der Peripherie der MIllionenstadt quasi durch die ganze Welt oder besser den "melting pot" führt - eine wilde ethnische Mischung in den nördlichen Vororten Gurnee, Libertyville, Vernon Hills, Lincolnshire, Wheeling, Niles, bis zum Jefferson Park und dem polnischen Revier, wo Ernst und Olga jetzt wohnten. Olga erzählte unermüdlich am Steuer, und das Fossil fühlte sich fast erschlagen von den vielen Eindrücken. Wir waren jetzt schon in Indien, Indonesien und Sri Lanka, aber jetzt, pass´ auf, hier ist das arabische Viertel und gleich daneben das türkische, und nach den mehr westeuropäischen Einwandervierteln Portugal und vor allem Irland sind wir jetzt gleich in dem relativ kleinen deutschen Viertel mit einer großen Sehenswürdigkeit - dem Hofbräuhaus!

„Sollen wir eine Bratwurst essen gehen?", fragt Olga, die so erregt am Erzählen und Gestikulieren war, dass sich der Saum ihres blumigen Sommerkleids weit über kräftige dunkle Schenkel geschoben hatte. Das Fossil versuchte, dieses für seine Begriffe im Moment ungemütliche erotische Signal nicht wahr zu nehmen und sagte so lässig wie möglich:„Why not, Señora, auf gehts zur Wurscht!"

Amüsiert schaute sich das Fossil die Speisekarte an; es gab sogar Weißwürste mit dem schönen Kommentar: Two of Munich's famous white sausages (Veal and Pork), traditional Poached or grilled with freshly baked original Pretzel and Sweet Mustard imported from Munich. Doch würde ihm jetzt, für seinen Magen war es circa fünf Uhr früh, eine Bratwurst bekommen? Er beließ es bei einem Humpen eines etwas dünnlichen anglosächsisch- unbairischen Bieres, während Olga ein halbes Dutzend Schweinstwürstl verputzte. Von ihrem polnischen Metzger, meinte sie, sei sie Schlimmeres, sprich Fetteres gewöhnt. Über das Fossil aber brach allmählich eine schon schmerzhafte Müdigkeit herein - der Jetlag! Schließlich hatte die genießerische Olga ein Einsehen, sie fuhren "nach Hause", in ein sehr individuelles an Schweden erinnerndes Holzhaus und Olga frug das Fossil, ob sie ihm noch eine echt-russische Bortschsch offerieren dürfe, während sie sich ungeniert umzog, wobei ein selbst für russische Vehältnisse üppiger Busen zum Vorschein kam, der sich allerdings schon etwas der Vertikalen zuneigte. Trotzdem hätte das Fossil dieser Anblick elektrisieren können, wäre der nicht so todmüde gewesen, und lieber darum bat, sich so bald wie möglich ins Gästezimmer zurückziehen zu dürfen. Hier oben unterm Dach roch es angenehm nach Holz; er kuschelte sich ins karierte Bettzeug und schlief sofort ein.

Im Morgengrauen - für seine Uhr war es bereits der nächste Nachmittag- war er plötzlich hellwach und ganz irritiert über einen Traum, von dem er nur noch wusste, dass über ihm, in einem 24-hour-Lokal absolut nackte GoGoGirls tanzten, die mit bratwurstähnlichen Dildos obszöne Verrenkungen absolvierten. Sollte er gegenüber der ruralen Erotik dieser Olga vielleicht doch empfindsamer sein als er sich zugestehen wollte?

Das hier und jetzt zu beantworten erschien ihm psychologisch schwierig, weshalb er die Augen wieder schloss. Als er sie wieder öffnete, stand Ernst am Bett, der Ernst, den er in den 50erJahren als GI in Lindau kennengelernt hatte und der mit langen Abständen sein allererster Briefpartner gewesen war. „Ja, wie lange willst Du denn noch weiterschlafen", rief er, „Du altes Murmeltier?"

„Ja, und Du, bist Du wieder ok?", blinzelte das Fossil zu Ernst hinauf. Er hatte sich verändert. Gegenüber dem unbeschwerten Ami aus der Besatzungszeit war er inzwischen wohl so geworden wie er hieß: Ernst oder eigentlich Ernest, von dem er entschuldigend meinte, auch Hemingway hätte sich dieses Vornamens erfreut. Sein damaliges Interesse lag aber nicht in den short stories, sondern bei den amerikanischen Präsidenten, deren Schriftzüge er zu analysieren versuchte ohne gleich Graphologe werden zu wollen. Dann schnappte er sich die Schönste vom Bodensee, nahm sie mit in die Staaten und machte in Chicago eine Kneipe auf. Es war eine gute deutsch-amerikanische Ehe mit american way of life und deutscher Küche. Zu seinem größten Entsetzen starb seine erste Frau nach einem Autounfall. Seine zweite, die Olga, lernte er zunächst als Kellnerin in seiner Pinte kennen, bis er sie - oder etwas mehr sie ihn - auch in ihr Bett mitnahm. Daraus wurde mehr, aber das sah man ja.

„Fährst Du eigentlich nur mit meiner Frau spazieren?", fragte Ernst, „oder auch mit mir?"

„Natürlich besonders gern mit Dir, wie kannst Du so dumm fragen. Erinnerst Du Dich eigentlich noch an die amerikanischen Präsidenten, die ich Dir von meinem Besuch in Florida geschickt hatte?"

„The Hall of Presidents in Disney World -- ja, ja, zum Totlachen! Das Foto hab´ ich noch. Und auch noch Schriftproben von einigen Präsidenten. Hobby bleibt eben Hobby. Aber morgen, mein Lieber zeig´ ich Dir mal Chicago und unseren Michigansee aus über dreihundert Meter Höhe! Wir fahren auf den John Hancock Tower, wenn Du magst", schlug Ernst vor.

„Muy bien!", antwortete das Fossil, der sich seit seinem kurzen Spanientrip gern mit ein paar iberischen Floskeln präsentierte, inzwischen auch seine Scheu verloren hatte gegenüber dem lange nicht gesehenen Freund. Heimisch, wie er sich inzwischen fühlte, ging er oben in der Bar mit dem weiten Blick über den Michigan-See in sehr männlicher Art direkt auf Ernst zu und fragte ihn: „Stört Dich das nicht, dass sich Deine Olga doch ziemlich promiskuativ benimmt?" Ernst nippte an seinem Skyscraper, schaute das Fossil wie in Gedanken an und sagte schließlich: „Sie ist eine enorm sinnliche Frau, ein Tier mit Kochkenntnissen und tollen hausfraulichen Qualitäten und ich glaube, sie tut ja nur so und bleibt mir aber letztlich trotz allem treu; denn mit Sex kann ich ihr ja leider kaum mehr dienen!" - „Ich erst recht nicht mehr," beruhigte ihn das Fossil: „Aber kann man nicht trotzdem gut miteinander sein und leben?" „Und das sagst ausgerechnet Du, der Du nie verheiratet, immer sehr skeptisch warst den Weibern gegenüber und sich aus partnerschaftlichen Problemen möglichst heraus gehalten hat - Du hast keine Ahnung!"

„Wieso? Ich war sehr wohl mal, wenn auch kurz, verheiratet, als Du längst wieder in USA warst und zwischen uns der Faden gerissen war."

„Erzähl! - Du und ein Ehemann, das muss ein komischer Anblick gewesen sein, oder?"

„So schlimm war´s nicht. Aber ich hatte bald das Gefühl, dass die Zweisamkeit alles irgendwie enger, ja vielleicht auch spießbürgerlicher macht...die Freiheit war mir immer das Wichtigste im Leben, und außerdem wäre die gute Anna nie mit ins Baumhaus gezogen!"

„War die so ete-pe-tete?"

„Das nicht, aber sie wollte nicht auf ein schönes, großes Badezimmer und ihren Schminktisch und all die Schränke für hundert Klamotten und tausend Paar Schuhe verzichten!"

„Siehst Du, das alles das braucht meine Olga nicht, sie braucht nur eine anständige Küche, bisserl Money fürs Einkaufen - und natürlich mich."

„Ich gönn´ Dir Dein Glück," sagte das Fossil, „und ich werde Euch auch nicht länger stören. Was hältst Du von einer Eisenbahnfahrt quer durch Amerika, zum Beispiel von hier nach San Francisco?"

„Wie kommst Du auf diesen Blödsinn? Das ist hier bei uns viel teurer als Fliegen und außerdem ungeheuer zeitaufwendig."

„Zeit hab´ ich genug; und eigentlich möchte ich die Staaten gern mal wie früher, also von der Schiene her sehen und nicht über die überall gleichen Motels, Tankstellen und Fried Chicken-Buden an den Highways. Comprendido?"

Der nächste Tag bringt den herzlichen Abschied von Olga und Ernst, die versprachen, das Fossil eines Tages im Baumhaus zu besuchen... und einen Flug nach Denver; denn Ernst hatte ihm geraten, bei aller Leidenschaft für den Zug die erste Strecke zu fliegen, da gehe es nur über ödes Farmland und er bekäme nichts zu sehen als endlose Felder. So stand am Tag darauf das Fossil im still vor sich hin dösenden Bahnhof von Denver/Colorado und wartete auf den einzigen Zug am Tag, dem SAN FRANCISCO ZEPHYRE.

TRAVEL BY TRAIN

„Union Station" und „Travel by train" steht in voller Breite über dem neobarocken Gebäude aus den siebziger Jahren des vorvorigen Jahrhunderts, einer Zeit, da der Eisenbahnbau das kleine Nest Denver am Fuße der Rocky Mountains beherrschte. Damals verdiente sich ein gewisser William F. Cody eine goldene Nase damit, dass er die Bahnarbeiter mit Fleisch versorgte. Das Fleisch wiederum lieferten die bald gänzlich ausgerotteten Bisons, auch „Indian Buffalos" genannt, weshalb besagter Gauner als „Buffalo Bill" in die Geschichte einging. Man hat ihm trotz und alledem oberhalb Denvers eine stolze Gruft gebaut, umrahmt von einem „Buffalo-Bill-Museum" mit Western Saloon, Restaurant und Café.

Seit zwei Stunden starrt das Fossil auf harten Eichenbänken geduldig auf die Abfahrt-Anzeige, eine schwarze Schiefertafel mit einer einzigen Eintragung: „San Francisco Zephyr - Granby - Glenwood Springs - Salt Lake City - Reno - Oakland AR 7 30 DP 8 10 A. Um 8.10 Uhr also sollte es losgehen, doch erst gegen zehn kommt Bewegung in die rund hundert geduldig wartenden Fahrgäste, darunter viele Pensionäre, aber auch

Rucksack-Leute, und der Schaffner gibt den Weg frei zum Track, wo silberne Wagen mit rot-blauen Streifen, dem Markenzeichen der Amtrak, eingefahren sind.

Diese Gesellschaft wurde mit Hilfe Washingtons gegründet, um wenigstens bescheidene Reste des einstmals stattlichen Schienensystems der Nachwelt zu erhalten. Punkt elf Uhr setzt sich der Zug, der bereits die 1.677 Kilometer von Chicago (wo er am Tag zuvor gestartet war) nach Denver hinter sich hat, langsam in Bewegung. Er fährt den Rockys entgegen, die auch Mitte Mai noch tief im Schnee stecken. 225 Dollar kostet das Ticket für die rund 2300 Kilometer lange Strecke bis San Francisco, nicht billig, doch bezogen auf Bundesbahnpreise ungeheuer preiswert. Morgen Nachmittag soll der schöne Zug am Pazifik sein, aber das kann man kaum glauben, so mühsam quälen sich die zwei Dieselloks über unzählige Serpentinen von rund 1000 Meter auf gut 3000 Meter hinauf zum höchsten Punkt der Strecke am Moffat Tunnel.

Vor dem Aussichtsfenster zieht eine faszinierende Felsenlandschaft in allen Farbschattierungen vorüber, dazwischen schwindelnde Viadukte über schäumenden Wasserfällen. Nach dem Scheitelpunkt beschleunigt sich die Fahrt, das Fos-sil staunt abermals, dass der über Stunden begleitende, gurgelnde Gebirgsbach der berühmte Colorado River sein soll, der einige hundert Kilometer südlich den be-rühmten Grand Canyon in die Felsen eingegraben hat!

Nach Glenwood Springs, einem etwas auf fein getrimmten Wintersportort hält der nicht gar so zephyrische ZEPHYR in Grand Junction, der „großen Verbindung", einer inzwischen ziemlich verwaisten Station, die das Fossil aus früheren Studien an dramatische Ereignisse in der amerikanischen Eisenbahngeschichte erinnert. Private Unternehmen, darunter die „Denver-Santa Fe"- und die „Rio Grande Western"-Gesellschaft, auf deren leicht ausgeleierten Schienen sie fahren, lieferten sich auf dieser einst lukrativen Strecke zu den Goldschürfstätten in den Wüsten von Utah und Nevada regelrechte Bauschlachten.

Gegen Abend kommt der Mormonenstaat Utah näher und exakt an seiner Grenze verlässt der Colorado River die Strecke. Gute 800 Kilometer sind geschafft, die Strecke München-Hamburg etwa, doch erst ein halber US-Bundesstaat durchfahren. Das Felsengebirge öffnet sich zum Großen Becken. Die Landschaft ändert sich:

Steppe, Grasbüschel auf steinigem Grund, Öde mit einem Hauch Melancholie, plötzlich durchbrochen von einem Saum Vegetation, dem 'Green River".

Es wird Zeit für das Essen im Speisewagen. Es ist ausgezeichnet, und das zu erfreulich soliden Preisen: Das riesige, allerdings auf Papptellern servierte „New York Strip Steak" mit „Baked Potatoe" kostet etwa 20 Euro, dazu gibt es dünnes Bier oder kalifornischen Wein mit den aus Europa geklauten bekannten Sortennamen wie Chablis, Rioja oder Burgundi! Das Fossil, müde vom Steak und Sehen, wünscht sich jetzt ein Bett, doch es gibt keines. Alle fünf Schlafvariationen „Roomettes" „Economy" und „Special Bedrooms" und selbst „Deluxe Bedrooms" mit eigener Dusche und Sitzecke für gute 200 Dollar - sind ausverkauft. So bleibt nur Pullman, während draußen die Lichter über den Utah Lake herüberblitzen und bald der capitolähnliche, feierlich beleuchtete Mormonentempel von Salt Lake City ins Bild kommt. Es regnet in Strömen.

Nach umständlichem Rangieren auf das hier beginnende Streckennetz der „Union Pacific" stünde jetzt ein Höhepunkt der Reise bevor, die Fahrt mitten über oder durch den Großen Salzsee, aber da es kurz vor Mitternacht und stockdunkel ist, und dem Fossil die Augen zufallen, bleibt nur ein Schunkeln und Stoßen und beim ersten Blinzeln im Morgenlicht eine Überraschung: Vor dem Zugfenster breitet sich eine geradezu biblische Landschaft aus: Riesige Sumpfflächen mit tiefschwarzem Vieh wechseln ab mit Sand und Geröll rund um die Mäander des Humboldt River, der als lebendige Ader die tödliche Starre der Wüste von Nevada durchzieht. Ohne Abgrenzung durch einen Bahndamm geht es durch Westernstädte mit so romantischen Namen wie Winnemucca, Colt Inn oder Donnas Pinte - und schon sind wir wieder draußen in der riesigen, mal steinigen, mal sumpfigen Wüste. Noch bis Sparks begleitet uns der Humboldt River, der größte Fluss des Großen Beckens, der in einen abflusslosen See, den Humboldt Sink, mündet. Nach fast zehn Stunden unberührter Natur wird das Scheidungsparadies Reno erreicht - ein beinahe unnatürlich gepflegtes Städtchen, durch das der Zug mitten hindurch bimmelt und tutet. Hier lässt sich in zehn Minuten eine Ehe nicht nur scheiden, sondern ebenso schnell schließen, wobei sich ein Partner auch durch einen Ersatzmann oder eine Ersatzfrau vertreten lassen kann. Das Fossil liest´s mit Staunen.

Knapp hinter Reno beginnt der Sonnenstaat Kalifornien;

es regnet. Zunächst aber geht es fünf Stunden durch eine Art amerikanischen Schwarzwald - die Sierra Nevada - und am Truckee River entlang, von dem man noch nie gehört hat. Der Zugführer aber bezeichnet ihn als einen der lieblichsten Flüsse der Welt. Er ist es tatsächlich. Erst kurz vor Sacramento lichten sich die dichten Kiefern- und Tannenwälder, die noch recht vital aussehen, die ersten Palmen wedeln vor dem Abteilfenster, die Häuser werden eleganter, die Autos mehren sich, die Zivilisation erscheint massiv vor dem Zugfenster. Jetzt rast der Zephyr der Francisco Bay entgegen, überquert den Sund auf einer weniger berühmten, aber der Golden Gate Bridge ähnlichen Brücke, und stoppt schließlich auf einer Müllhalde: Oakland, die Endstation! Von hier geht es mit Bussen über die Oakland Bay Bridge zu dem riesengroßen Terminal in der City von San Francisco.

Es ist früher Abend - eine Stunde Verspätung nach 33stündiger Fahrt. Das Fossil, überglücklich, das alte Amerika auf dieser Zugfahrt kennen gelernt zu haben, so wie es im Auto fast nicht mehr möglich ist, findet für ein paar Tage eine passable Bleibe über dem von ihm so genannten "Seafood"-Kai und fällt fast zurück aufs Bett. Als er das Fenster öffnet, steht sie in ihrer ganzen

Schönheit, die sagenhafte Golden Gate Bridge im Abendlicht vor ihm!

Die ganze Nacht irrt das Fossil schlaflos durch "San Fran", von Bar zu Bar und Fischsemmel zu Fischsemmel. Und denkt dann doch: **Eigentlich möchte ich bald wieder nachhause in mein morsches Bauhaus.** Morgen werde ich mir ein Flugticket kaufen. So abenteuerlich und spannend die große Welt ist, ich geb´ es zu, allmählich bekomme ich großes Heimweh nach meiner kleinen…

E N D E

Weitere Werke des Autors: